「オカルト研究部……入らない？」
王星学園
オカルト研究部
I got a cheat ability in a different wo
became extraordinary even in the re
世界で
チート能力《スキル》を
にした俺は、
現実世界をも無双する
~レベルアップは人生を変えた~
12
音
の生徒で、優
スメイト。大人し
性格。オカルト
研究部に所属しており、
怪奇現象に対して並々な
らぬ好奇心を抱いている

「なんだか、こちらの世界の服装は落ち着かないな……」
「ねぇ見て、チキュウの女の子たちがよく着る服ですって！」
Character
ルナ
レクシアの護衛を務めている、元・凄腕暗殺者の少女。いつもレクシアに振り回されており、今度は彼女と一緒に王星学園に留学することになる
Character
レクシア・フォン・アルセリア
アルセリア王国の第一王女。父親である国王・アーノルドを説得し（押し通し）、護衛のルナとともに（強引に）王星学園への留学を決定する

Character
ユティ
今は亡き『弓聖』の弟子だった少女。現在は、現実世界で優夜と一緒に生活しており、レクシアやルナたちよりも前から王星学園に通っている
「ふふ、一段と賑やかになりましたね」
「レクシア、勘違いしてる」
Character
メルル
エイメル星からやってきた、異星人の少女。優夜に母星の危機を救われた後、彼の遺伝子を手に入れるという任務のために王星学園に転入してきた
王星学園の体育館にて

「ユウヤ様に
可愛いって言われちゃったわ！
これはもう結婚するしかないわね！」

Contents

I got a cheat ability in a different world,
and became extraordinary even in the real world.12

異世界でチート能力《スキル》を手にした俺は、現実世界をも無双する12

～レベルアップは人生を変えた～

美紅

ファンタジア文庫

3265

口絵・本文イラスト　桑島黎音

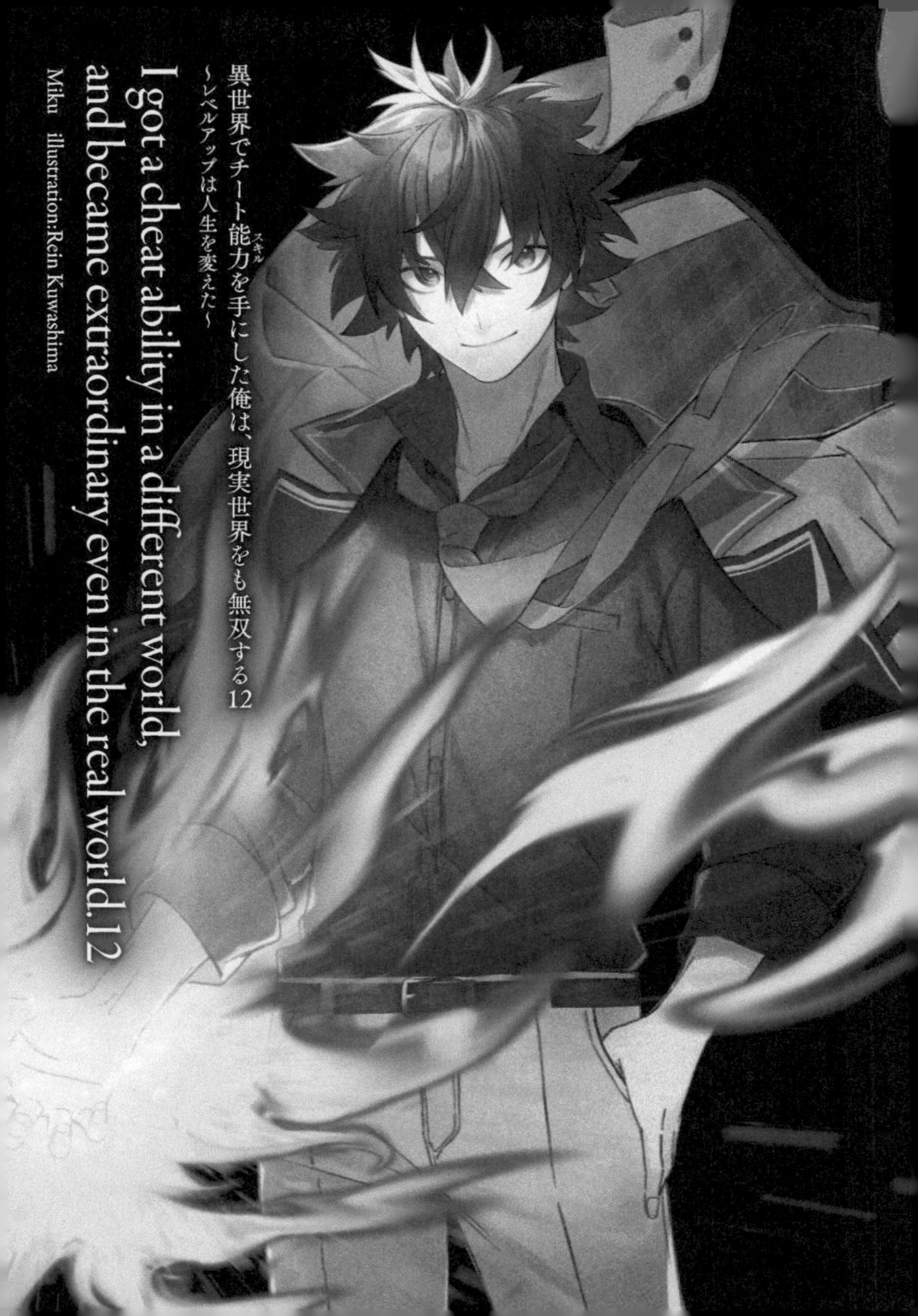
異世界でチート能力《スキル》を手にした俺は、現実世界をも無双する12
～レベルアップは人生を変えた～
I got a cheat ability in a different world, and became extraordinary even in the real world.12
Miku illustration:Rein Kuwashima

プロローグ

昏《くら》く、冷たい世界――【冥界】。

そこはいくつもの層が重なって構成される『死後』の世界で、階層ごとに振り分けられる魂が決まっていた。

上層部は、暖かな大地の温《ぬく》もりが感じられ、そこでは生前に善行を重ねた者の魂などが安らかに眠っている。

そこから深く降りていくと、下層部には生前に悪行を重ねた者の魂が行きつく地底の牢《ろう》獄《ごく》が存在した。

「アア……」

「ダ、出シテ……」

「痛イ……痛イヨ……」

世界そのものが牢獄である冥界。

特殊な檻《おり》と、むき出しの岩肌でできた牢獄は、そこに収容された妖魔や魂を容赦なく傷つける。

本来、魂や妖魔たちには実体というものが存在しない。

故に、彼らを傷つけるためには【妖力】や【霊力】と呼ばれる特殊な力が必要とされていた。

そしてこの冥界は、妖魔たちが牢獄から抜け出さないよう、すべてのものに妖力と霊力が宿されていた。

そんな妖魔たちの悲鳴が響き渡る冥界には、たった一つ、建物が存在する。

仄暗《ほのぐら》い冥界の雰囲気とは打って変わり、その建物には金細工が施され、非常に豪華なつくりが見てとれた。

床にも磨き抜かれたタイルが敷き詰められ、冥界にある建物とは思えない。

そんな館の中央に、罪人を裁くための広間が存在した。

まるで冥界のすべてを見下ろすかのような高座には、一人の少女が座っていた。

「暇じゃのう」

おかっぱ頭にちょこんと文官帽子を載せ、手には王笏《おうしゃく》、どこかの国の官吏服を豪華にしたような衣服を身に纏《まと》っていた。

この少女こそ、冥界を統《す》べる王――霊冥《レイメイ》であり、この館の主人であった。

霊冥はつまらなそうに頬杖《ほおづえ》を突く。

「昔はアレだけ頻繁に死者がやって来ていたというのに、最近はとんと数が少なくなった……ま、それだけ時代が進み、向こうの世界が平和になったということじゃな」

見た目こそ少女の姿である霊冥だが、その年齢はこの冥界にいる誰よりも高い。

古《いにしえ》の時代、現世の世界では各地で数多くの争いが起き、医療技術も発達していなかったため、多くの者たちがこの冥界に流れ込んできていた。

だが、時代の流れと技術の発達とともに、冥界に一度に流れ込んでくる魂の数も減り、やがて霊冥の仕事も減っていったのだ。

「まっ、平和なことが一番じゃ。今日も大きな仕事はないじゃろうし、我はひと眠りでも――」

「――霊冥様ああああああ！」

「……」

今日の仕事は終わりと言わんばかりに、霊冥が椅子から飛び降りた瞬間、館に筋骨隆々の生物が飛び込んできた。

外見は人型で、皮膚は赤色、額には大きな二本の角が生え、異世界のブラッディ・オーガに似ている。

だが、その眼《め》には魔物とは異なる理性の光が宿っており、それに加えてどこか愛嬌《あいきょう》も感じられた。

いきなり出鼻をくじかれた霊冥は、額に青筋を浮かべ、赤い鬼を睨《にら》む。

「何じゃ、二角《にかく》！　我は今、気分良く眠ろうかと――」

「そんなこと言ってる場合じゃないんです！　め、冥界が、大変なことに！」

「は？」

二角と呼ばれた鬼の報告に、霊冥は首を傾《かし》げつつ、再び椅子に座り直す。

「一体何があったと言うんじゃ」

「め、冥界の妖魔たちが、脱走してます！」

「何じゃと⁉」

その報告は、霊冥にとって信じられないものだった。

「あり得ん！　この地にいる妖魔が、冥界の牢獄から逃れるなど……」

「ですが、現に牢獄から脱走した妖魔たちを捕らえるべく、配下の鬼たちが捕獲に動いてます！」

「⁉」

この冥界に存在するすべての牢獄は、霊冥の妖力と霊力で創られており、霊冥の妖力を打ち破れるほどの力を持つ妖魔は、一体を除いて存在していなかった。

「まさか、冥子《メイコ》の封印が解けたのか⁉」

「い、いえ、冥子の封印は無事なようです」

「何？　では、何故《なぜ》……今のこの世界で、我の妖力から逃れられる者など、冥子以外存在せぬはずだが……」

必死に原因を考える霊冥に、二角は言い辛《づら》そうに口を開く。

「その、もう一つお伝えしたいことが……」

「何じゃ？」

「妖魔たちの脱走だけでも大事なのですが、冥界と現世の境界線が消えてしまったようでして……」

「何故それを最初に言わんのじゃ……！」

二角が語った内容はとても放置しておけるようなものではなかった。

本来、現世と冥界には確固たる境界が存在しており、この境界があるからこそ、現世の者たちはうっかりと冥界に迷い込むことがないのだ。

逆に冥界から何かの拍子に妖魔が現世の世界に逃げ出すこともなかった。

だが、その冥界と現世の境界が消えたとなれば、冥界の牢獄から脱走した妖魔たちは、簡単に現世へ逃げ出すことができるのだ。

「不味《まず》い……このままでは、現世の世界に冥界の妖魔たちが解き放たれてしまう……！」

理由は不明だが、現世と冥界の境界が消えた以上、霊冥自身も大きく動く必要がある。

「二角！　今すぐ他の鬼どもを総動員し、冥界と現世の境界線を見張るのじゃ！　我は牢獄の強化と妖魔の再封印を急ぐ！」

「は、はい！」

指示を受けた二角が館を飛び出すと、霊冥は椅子を降り、広間の中央に立った。

そして――――。

「フッ！」

その瞬間、霊冥を中心に妖しい気配を纏った紫色の力の奔流が溢《あふ》れ出すと、その波は冥界全域に吹き渡っていく。

それと同時に、今にも逃げ出そうとしていた妖魔たちの牢獄が、再び強固な妖力と霊力によって強化され、妖魔たちは逃げ出すことができなくなった。

「ふぅ……ひとまずこれで牢獄の強化は十分なはずじゃ」

改めて自身の妖力を冥界中に行き渡らせ、冥界の状況を確認すると、霊冥は深くため息を吐《つ》いた。

「……まさか、牢獄の封印が解かれ、現世との境界線も消えるとは……」

かつてない冥界の緊急事態に、霊冥は険しい表情を浮かべながら首を振る。

「いや、原因を考えるのは後じゃ。牢獄から脱走した妖魔たちがこれ以上現世の世界に逃げ込む前に、ヤツらを封印しなおさねばな――――ふっ！」

すると今度は、霊冥の足下から再度紫色の力が噴出し、それは無数の巨大な『手』へと姿を変えた。

次の瞬間、無数の紫の巨腕は一気に冥界中を走り、逃げ回る妖魔を捕まえては、再度牢獄へと封印していった。

こうしてすべての妖魔を牢獄への封印し終えた霊冥は、小さく息を吐く。

「二角、一角《いっかく》」

「――はっ！」

「お呼びでしょうか」

霊冥の呼びかけに、二角と、一角と呼ばれた青い肌を持つ鬼が音もなくその場に現れ、跪《ひざまず》いた。

「二角よ。何名かの鬼に境界線を見張らせつつ、残りの鬼どもをこの広間に集めよ」

「御意！」

「一角は、鬼たちが集まるまでの間、この騒動の原因を調べよ」

「かしこまりました」

両鬼はすぐさまその場から消えると、しばらくして二角は霊冥の命令通り、配下のすべての鬼たちを集めてきた。

そして、霊冥は集まった鬼を見渡すと、凜《りん》とした口調で語り始めた。

「――皆の者、よく集まってくれた。今冥界では、緊急事態が起きておる。皆も知っての通り、冥界と現世の境界が消え、妖魔たちが現世に逃げ出してしまったのじゃ。すぐに牢獄《ろうごく》の封印をかけなおし、現世に向かう前の妖魔どもは封印することができたが、何体か逃げ出してしまったのも事実。そして、境界が消えた以上、現世の者たちがこちらの世界に迷い込まぬよう、警戒する必要も出てきた。もちろん、今も境界の修復に努めているが、完全な修理はすぐに終わるものではない」

霊冥は牢獄から逃げ出した妖魔たちを封印した後、自身の妖力で境界の再構築も始めていた。

しかし、現世と冥界の境界の再構築は冥界の牢獄を強化するのとはわけが違い、そう簡単に終わるものではなかった。

「故に、皆はこれから今まで以上に現世との境界部分を警戒し、見回ってくれ！」

『はっ！』

「それと、一角！　何か分かったか？」

鬼たちに指示を出し終えた霊冥がそう訊《き》くと、集団の中から一角が姿を見せる。

「はい。今回の件、冥界に流れ込んだ一つの魂が原因でした」

「何じゃと？」

霊冥は一角の言葉に首を傾げた。

というのも、てっきり霊冥は牢獄内の妖魔たちが協力し合って、牢獄から脱出すると同時に、現世との境界にも何らかの細工を施したのだと思っていたからだ。

だが実際のところは、冥界に流れ着いた魂……つまり、霊冥の裁きを受ける前の魂が原因であったため、霊冥は驚いたのだ。

「一体、どういうことじゃ！」

「実は、その流れ着いた魂が……虚神のものだったのです」

「虚神《うつろがみ》？」

聞き慣れない言葉に霊冥が首を捻《ひね》ると、一角は説明した。

「虚神とは、神々が暮らす【天界】に出現する一種の災害です。その力は触れたモノすべてを消滅させるため、対抗するには神威《かむい》と呼ばれる力が必要となります」

「神威は知っておる。まさに全知全能を体現したかのような観測者どもの力じゃな。それにしても、そんな力がなければ倒せない存在がいるとはのぅ」

霊冥も天界の存在は知っていたが、天界に住む観測者たちにはそもそも寿命や死という概念がなく、唯一、彼らの存在が脅《おびや》かされるのも虚神による消滅が原因であるため、冥界に魂が流れ着くことはこれまでなかったのだ。

「それで？　その虚神とやらが今回の事件にどう関係しておるのじゃ？」

「先ほど申し上げた通り、虚神は触れたモノすべてを消滅させる力を持っています。それはヤツが魂だけになったとしても変わりません。つまり、その虚神の魂に触れたモノも消滅してしまうのです」

「なっ⁉　まさか……」

「……今回、その魂が現世と冥界の境界に触れたため、その境界が消失したのです」

一角の話が本当であれば、虚神の魂は存在しているだけであらゆる境界や、最悪、そこに存在する概念すらも消してしまう可能性があり、それを放置すれば冥界が混乱することは間違いなかった。

「そ、その魂は今どこに⁉」

「幸い、虚神の魂はこの冥界に辿《たど》り着いた時にはすでに弱り切っており、先ほど自然消滅が確認されました」

「はぁ……」

ひとまずこれ以上は被害が広がらないことが分かると、霊冥は安堵《あんど》しながら深く椅子にもたれかかった。

「な、何て迷惑な存在なんじゃ……」

何故こんなことになったのかと、霊冥は頭を抱えるのだった。

＊＊＊

「私とルナを、ユウヤ様の世界の学園に通わせて！」

虚神との戦闘を終え、元の世界に戻って来た俺たち。

すると、オーマさんが【大魔境《だいまきょう》】で俺の知り合いが魔物に襲われていると言うので助けに向かうと、そこにはレクシアさんとルナの姿が。

ひとまず二人を助け出した後、【大魔境】を訪れた理由を聞いた結果が、先ほどの発言だった。

レクシアさんの予想だにしていなかった発言に、俺が思わず固まっていると、俺と一緒に様子を見に来たイリスさんが声を上げた。

「ちょ、ちょっと待ってちょうだい！　ユウヤ君の世界の学園って……どういうこと⁉」

「そのままの意味です、イリス様。私たち、ユウヤ様の通っている学園に通いたいと思いまして！」

てっきり何かの聞き間違いかと思っていたが、どうやら本当だったようだ。

俺もようやくレクシアさんの言葉を飲み込み終えると、慌てて聞く。

「そ、その、俺が通っている学園に通いたいって……何があったんです？」

「実は、私たち王族はある年齢を迎えると、ルミナス皇国にある、オーレリア学園に入学することがしきたりとして決まっているの。その学園には私たちアルセリア王国以外にも各国から王侯貴族の子女が集まるから、人脈づくりだったり、外交だったり……とにかくそういう理由で、そこに入学することが決定しているのよ」

「は、はぁ……」

「でも、そんな風に他人の顔色を窺《うかが》ったり、政治的な理由で学園に通うなんてつまらないじゃない！　それならいっそのこと、ユウヤ様の通ってる学園に行く方が楽しそうだなって！」

「えええええ!?」

思った以上にめちゃくちゃな理由だった!?

「だ、大丈夫なんですか？　そんな外交的な理由があるなら、そのオーレリア学園に行ったほうが……」

「大丈夫！　そこで手に入る人脈より、ユウヤ様との関係を深める方が遥《はる》かに大切よ！　それに、ユウヤ様の世界には私たちの世界では決して経験できないものが数多く存在しているわ……だからこそ、ユウヤ様の世界で色々なことを経験して、そこで学んだことをアルセリア王国に持ち帰ることができれば、それが一番だと思ってるの」

俺にはよく分からないが、レクシアさんたちにとって地球は、異世界の他の国々との関係性よりも価値のある場所なんだな……。

言われてみれば、逆の立場だったとしてもそうか。

今の地球に存在する国々の間で外交するより、異世界には地球にはない資源が眠っているかもしれないし、開拓し甲斐《がい》があるってことと一緒なんだろう。

そんなことを考えていると、ルナがため息を吐く。

「はぁ……まあ見ての通りだ。レクシアはユウヤが通っている学園に行く気満々でな……」

「あら、ルナは行かないの？　それならそれでもいいけど？」

「なっ⁉　そ、そうは言ってないだろう！　……と、とにかく、オーレリア学園に行くとなれば、私もコイツの護衛として付き合わされることになる。そうなると必然的に面倒な貴族同士の交流に参加することになるのだ。そんなもの、私もごめんだ。だからこそ、私も含めて、ユウヤの世界で世話になりたいと……」

「ちょ、ちょっと待ってちょうだい！」

するとと、イリスさんが慌ててルナの言葉を遮った。

「アナタたちがオーレリア学園に行きたくないのは分かったわ。私もそこがどんな学園か知ってるし、面倒なのは間違いない……でも、ユウヤ君の世話になるってどういうことよ！」

「実は、お父様にもう話は通してあるんです。そうしたら、お父様はユウヤ様が暮らしている……チキュウが安全な世界だということが分かれば、留学先をユウヤ様が通っている学園に変えてもいいって！　となると、私たちが頼れる知り合いはユウヤ様だけですし……ユウヤ様のお世話になるのは必然かなと」

「何でよ！　ほら、あの『聖女《せいじょ》』のマイって子もチキュウにいるでしょ？　あの子と一緒に暮らせばいいじゃない！」

「残念ですけど、マイはユウヤ様と違う学園に通ってるんです。今回、私がお父様から許可をもらったのはユウヤ様がいる学園なので♪」

「うぐぐ！」

ルンルン気分でそう告げるレクシアさんに対して、イリスさんは悔しそうに歯噛《はが》みした。

俺が二人のやり取りに唖然《あぜん》としていると、不意にレクシアさんが俺の腕をとった。

「というわけで、ユウヤ様！　一緒に来てちょうだい！」

「え！　ど、どこへ⁉」

「もちろん、王城よ！　そこでお父様にチキュウが安全だってことを説明してほしいの！」

あれよあれよと話が進み、俺はこの流れで王都まで向かうことが決まってしまった。

イリスさんもいるため【大魔境】は何事もなく抜けることができたが、そこでイリスさんとは別れることになった。

「本当は……本当は私もついて行きたい……！　何なら私もユウヤ君と一緒に学園生活を送りたいわ……！」

「そ、それは……」

残念ながら、イリスさんとは年齢が明らかに違うため、どう頑張っても一緒に学園生活は送れないだろう。

とにかくイリスさんは俺と別れることを最後まで渋っていたが、やはり『剣聖《けんせい》』としての任務が忙しいのか、名残惜しそうに去っていった。

こうしてイリスさんと別れた俺たちは、そのまま王都に向かうのだった。

＊＊＊

俺たちが無事に王都にある王城に到着すると、そのままアーノルド様と謁見することになり、気がつけば謁見の間に通されていた。

すると謁見の間の奥に座るアーノルド様は、どこか疲れた様子で俺を見つめてきた。

「おお、ユウヤ殿……久しいな」

「さ、お久しぶりです……」

「さ、お父様！　ユウヤ様を連れて来たわ！」

「うぅむ……我が娘ながら、何という行動力……」

「これも陛下が甘やかした結果ですな」

「それを言うな……」

オーウェンさんに小言を言われ、ますます顔をしかめたアーノルド様だったが、気を取り直して俺の方に向き直る。

「それで、話はレクシアから聞いていると思うが……」

「は、はい。何でも、俺が通っている学園に留学したいと……」

「そうなのだ」

「あの、大丈夫なんでしょうか？　聞いた話だと、本来はオーレリア学園というところに通うそうですが……」

「大丈夫かどうかと言われれば、あまり大丈夫とは言えぬ」

「ちょっと、お父様⁉」

「だったら……」

「しかし、ユウヤ殿が暮らしている世界もまた、我々にとって重要な存在であることも間違いないのだ」

アーノルド様は威厳ある様子でそう口にした。

「確かにオーレリア学園での人脈形成などは伝統的なものとしてこれまで大切にされてきた。しかし、そこでつくれる繋《つな》がりなど、結局はその時その時の国同士の関係によって形成されると言っても過言ではない。つまり、たとえば敵対している国の出身者同士で仲良くなることはまずできないのだ。となると、必然的にできあがる人脈も固定されてくる」

「な、なるほど」

「それに比べ、ユウヤ殿の世界は我々にとって、遥かに未知の領域だ。ならばこそ、我はそこに賭けてもよいと思ったのだ」

そこまで語ったアーノルド様は、重いため息を吐《つ》く。

「……しかし、レクシアを行かせる以上、不安であることもまた事実。そこでユウヤ殿に訊《たず》ねたい」

「な、何でしょう？」

「ユウヤ殿の世界は、安全なのか？」

それは、国王としてよりも、父親としての心が勝っているように思えた。

「そう、ですね……まず、絶対に安全であるとは言い切れません」

「うむ……それはそうだろうな」

「ですが、とても安全であるとは思います」

どんな国であっても、犯罪などに巻き込まれない可能性がない場所なんて存在しないのだ。

もちろん、俺が暮らしている日本は、他の国々と比べて治安がいいのは間違いない。

また、言うまでもなく魔物も存在しないため、この国よりも危険は少ないと思う。

「それに……もし万が一、レクシアさんの身に何かあった時は、俺が必ず守ります」

そんな俺の言葉を受け、アーノルド様は瞑目《めいもく》すると、やがて静かに口を開く。

「……分かった。レクシアたちの留学を正式に認めよう」

「！　やったー！　お父様、大好き！」

「うっ⁉」

レクシアさんの発言に、アーノルド様は胸を押さえると、幸せそうな笑みを浮かべた。

「そ、そうか。うむ」

「陛下、よかったですね」

オーウェンさんは苦笑いをしながらそう言う。

すると、どこか気恥ずかしそうにアーノルド様は咳払《せきばら》いする。

「んんっ！　それで、レクシアの留学は認めるが、そちらの世界ではユウヤ殿が面倒を見てくれるのだな？」

「そう、なりますね」

いきなりレクシアさんたちを地球に放り出すわけにもいかないしね……。

「そうか。まあユウヤ殿が近くにいるのであれば、安心ではあるな。ただし！　レクシアに手を出すことは認めていないからな⁉」

「お父様！」

いのだった。
念押しするように俺を威圧するアーノルド様に、俺は苦笑いを浮かべることしかできな
「あ、あはは……」

＊＊＊

各方面で様々な思惑が交差する中、地球にある王星《おうせい》学園の生徒会室では、とある議題について話し合いが行われていた。

「――やはり、我が学園も日帝《にってい》学園のような大きなプロモーションをしていくべきだろう！」

そう高らかに宣言したのは、茶髪の爽やかな好青年。

一見、アイドルのようにも見えるその青年は、少年のような好奇心を抑えきれず、眼《め》をキラキラと輝かせていた。

彼こそが王星学園の生徒会長――喜多楽総《きたらくそう》だった。

突拍子もない喜多楽の発言に、その場にいた生徒会の面々は目を点にする。

すると、真っ先に正気に戻った生徒会役員の青年……犬養遊《いぬかいゆう》が、喜多楽と同じように目を輝かせた。

「さ、賛成っス！　ぜひやりましょう！」

「はぁ……まーた喜多楽先輩の悪い癖が……」

そんな犬養とは逆に、どこか気だるげな様子でそう口を開く少女は、同じく生徒会役員の猫田夢《ねこたゆめ》。

彼らの両極端な反応を見て、喜多楽は楽し気に笑った。

「ははは！　いいじゃないか！　何事もチャレンジしてこそだ！」

「そうですよね！」

「そんなこと言って、この前は『校内一周流しそうめん』なんて変な企画をやろうだなんて言い出すし……」

「あれを止められたのは痛かったな！　できれば面白かっただろうに……」

「むしろ止めてもらえて助かりましたけど……何なら体育祭の時だって、先生たちから色々言われたじゃないですか……」

「そうだったか？　ははは！　しかし、体育祭自体は成功しただろう？」

「まあ……」

王星学園の学校行事は、生徒会が主体となって企画し、進めていくため、これまでに優《ゆう》夜《や》が参加してきたすべての行事も、この生徒会が主導して開催されてきたのだ。

先日の体育祭では、この喜多楽がどんどん目新しい競技などを盛り込み、まさにやりたい放題。

当然、教師陣は一度は止めに入るものの、喜多楽の押しの強さと、結果的にすべての行事が大成功しているからこそ、何だかんだ黙認されていた。ただ、それにも限度はあるため、あまりにもとんでもない企画は教師陣によって止められるのだが。

毎回何を言い出すか分かったものではないため、教師陣はいつも喜多楽の発言に冷や冷やしていた。

そんな個性的な生徒会に所属している佳織《かおり》が、おずおずと手を挙げた。

「あの……具体的にプロモーションと言いますと……？」

「いい質問だね！　何をするかというと……何も決めてない！」

「決まってる訳じゃないんですね⁉」

あまりにも清々《すがすが》しく言い放つ喜多楽に、佳織は驚いた。

「当たり前じゃないか！　なんせ、今思い付いたんだからね！」

「その思い付きに、アタシらはいつも振り回されるんですか……」

「おいおい、猫田！　喜多楽先輩のやることに文句があるってのか⁉」

「アンタは考えがなさすぎるのよ」

「何だとぉ⁉」

「ま、まあまあ……」

　佳織が二人を宥《なだ》めている間に、喜多楽は思案にふける。

「ふむ……大きなプロモーションはしたいが、具体的な案となると……はっ！　そうだ！」

「え？」

「スクールアイドルなんてどうだろうか⁉」

「「「スクールアイドル？」」」

　喜多楽の突拍子もない発言に三人が首を傾《かし》げる中、喜多楽は名案だと言わんばかりに頷《うなず》く。

「ああ！　スクールアイドルと言えば、アニメやゲームでも題材として扱われているだろう？　しかし、それを実際に行っている学園は少ない……そこで！　我が学園に飛びっきりのスクールアイドルがいるとなれば、今まで以上に学園の認知度が上がること間違いなしというわけだ！」

「さ、流石《さすが》っス、喜多楽先輩！」

「いやいやいや！　いきなりそんなこと言われても、先生方が許可してくれるとは思えないんですけど！」

「そこは押し通す！」

「いつもそれですね⁉」

「で、ですが、アイドルは流石にやりすぎではないでしょうか……」

佳織がそう口にすると、彼女が理事長の娘ということもあり、喜多楽も少し考えた。

「む、宝城《ほうじょう》さんがそう言うなら……いや、しかし、理事長は話の分かる方だし、大丈夫なのでは……？」

「理事長が許してくれても、他の先生方が反対すると思いますよ……」

「そうか？　まあ体育祭に引き続き、学園祭もド派手にやったからなー。アレは楽しかった！」

「アレを楽しいと言える喜多楽先輩がおかしいんですよ……」

「そ、その節はご迷惑をおかけしました……」

優夜の在籍を巡って行われた日帝学園と王星学園の学園祭対決は、佳織の独断によって実施が決まったため、当時、例年通りの学園祭として企画を進めていた生徒会は、非常に慌ただしくなったのだ。

対外的には積極的に宣伝を行ったりはしていなかったが、その代わりに毎年呼んでいるアーティストを例年以上に厳選したり、学園の警備面を強化したりと、表には見えない、たくさんの苦労があった。

ただ、そんな苦労すらも喜多楽は『楽しい』という理由でやり遂げてしまうため、それに付き合わされる生徒会の面々の苦労は計り知れない。

「そもそも、誰がそのアイドルプロジェクトを担当するってんですか？　分かってるとは思いますけど、アタシらは無理ですからね？」

「む？　そうか？　頑張れば何とか……」

「なりません」

喜多楽の発言を猫田は先回りし、潰した。

「そのスクールアイドルとやらを選定するのも、プロジェクト自体を担当してくれる人を探すのも、何より先生方を説得するのも！　全部厳しいと思いますよ」

ため息を吐きながらそう告げる猫田を前に、喜多楽は思案する。

「ふぅむ……猫田の言うことも一理あるな……何とかしてスクールアイドル候補を選定し、プロジェクトの担当者を決めつつ、教師陣を説得できないものか……」

「そんなの無理だと思いますけどねぇ……」

こうして喜多楽は、スクールアイドルプロジェクトを進めるための方法を考え始めるのだった。

第一章　異世界交流

レクシアさんの王星学園《おうせい》への留学が決まったものの、俺一人では色々できないこともある。そこでユティの時と同じく、佳織《かおり》に相談することにした俺は、放課後、佳織のもとへ向かった。

「佳織！」

「優夜《ゆうや》さん！　どうしました？」

「実は相談したいことが……」

「相談したいこと？」

俺は周囲を見渡し、少し声を落として佳織に告げる。

「その……レクシアさんたちって、覚えてる？」

「ええ、もちろん覚えていますよ。異世界の……王女様、でしたよね？」

「うん。そのレクシアさんなんだけど……こっちの世界に留学したいらしくって……」

「え!?」

さすがに佳織も予想外だったのか、声を上げる。

すると、周囲の人たちが驚いた様子でこちらに視線を向けたため、慌てて佳織は声を落とした。

「りゅ、留学って……つまり、こちらの世界で生活するということですか？」

「そうなるね」

「そ、その……レクシアさんたちを止めることはもちろん私にはできませんが、大丈夫なんでしょうか？　レクシアさんは王女様なんですよね……」

「そのことに関しては問題ないみたいだ。というより、レクシアさんの父親である国王様が許してくれちゃったからね……まあ色々な条件を言いつけられたんだけどさ」

「条件？」

「うん。ユティと一緒で、俺の家で面倒を見ることになったんだ」

「優夜さんの家で⁉　ど、どうして⁉」

俺がレクシアさんたちの面倒を見ると言った瞬間、佳織は慌ててそう詰め寄って来た。

しかし、再び周囲からの視線に気づくと、恥ずかしそうにしながら俺から離れる。

「す、すみません……つい驚いてしまいまして……で、ですが、どうしてそんなことに？」

「国王様としては、俺と一緒にいる方が安心だからららしい」

「それは……確かにそうかもしれませんけど……」

俺の説明を聞いて、複雑な表情を浮かべる佳織。

まあそうだよな。今でさえ、ユティという女の子と一緒に暮らしているわけで、そこにさらにレクシアさんたちも加わるわけだ。

傍《はた》から見れば、何か問題が起きるんじゃないかと心配するのも当然だろう。

俺だって、色々不安でしかないからな……アーノルド様にもかなり念押しで変なことはするなって言われたし……。

考え込んでいた佳織は、やがてため息を吐《つ》いた。

「はぁ……分かりました。すでに話が決まっている以上、私が言えることはないですもんね……それで、留学ということですけど、学校はどうするつもりですか？」

「その……こんなことを相談するのもどうかと思うんだけど、王星学園に留学ってできないかな？」

普通はこんな風に頼んだところで、すぐに留学なんてできるわけないだろう。

とはいえ、この王星学園がダメとなると、日帝《にってい》学園くらいしかもう俺の知り合いというか、紹介できる学校がないわけで……。

レクシアさんたちは俺と同じ学校に留学したいって言っていたし、何より、アーノルド様にあれだけ安全であることを留学の条件にされているのだ。そういう意味では、俺が一緒に通える王星学園であれば、何かあってもレクシアさんを守ることができるはずだ。

それに、レクシアさんたちはあくまでこの地球の文化を学びに留学しに来るわけだ。そういう意味でも、色々なことに挑戦し、様々なことを経験できる王星学園はうってつけだろう。

とはいえ、無茶を言ってることに間違いはない。

もしダメなら、何か他の手段を考えないと……。

そう思っていると、佳織は何てことないように言う。

「分かりました。では、転入手続きしておきますね」

「え⁉　い、いいの？」

お願いしておいて何だが、こんなにあっさり認めてくれると思っておらず俺が驚く中、佳織は笑みを浮かべる。

「はい。何より、優夜さんからのお願いですから！」

「俺からのお願いって……俺は別に大したことは……」

「いえ、そんなことはありません！　優夜さんがこの学園で活躍してくださっているおかげで、父も理事長としての仕事が順調だと言ってましたから」

「はあ……」

佳織の父親である司《つかさ》さんは、確かに王星学園の理事長なのだが、俺がその仕事に何かしらの影響を与えているとは思わなかった。

「ともかく、優夜さんは気にしないで大丈夫です！　私の方で手続きは進めておきますので」

「本当にありがとう……！」

俺がこの学園に入ることができたのも、佳織のおかげなのだ。

本当に佳織には頭が上がらないな……。

「それで、またお願いする形になっちゃうんだけど、レクシアさんたちのこっちの世界での生活に必要な日用品の準備なんかも、ユティの時と同じように佳織に協力してもらえないかなって……」

「大丈夫ですよ！　うちの学園の制服の準備も必要ですから、その時に一緒に用意しましょう！」

こうして佳織に協力してもらえることになった俺は、改めてレクシアさんたちを地球に連れてくる手筈《てはず》を整えるのだった。

＊＊＊

「カオリ！　久しぶりね！」

「元気にしていたか？」

「レクシアさん、ルナさん！　お久しぶりです！」

俺の家の扉を通して、無事に地球へとやって来たレクシアさんとルナ。

久々の再会に、三人は喜び合うと、一瞬レクシアさんはこちらに視線を向け、声を潜めて佳織と話し始めた。

「……カオリ。私もこうしてこの世界で暮らすことになったわけだし、これからはライバルとして容赦しないわよ？」

「っ！　やはり、レクシアさんはそのために……」

「ええ、当然よ！」

「そんなわけないだろう……ま、まあコイツにとっての大きな理由の一つではあるだろうが、この世界で色々なことを学び、自国の発展に活《い》かせればと考えてはいるな」

「……そうですか。ですが、私も負けませんよ……！」

「ええ、望むところよ！」

三人の間に何か火花が散ってるように見えるが……剣呑《けんのん》な雰囲気は感じられない。一体何を話しているんだ……？

「えっと、ひとまずこちらであらかじめ用意できるものは準備しましたので、あとはお二人のサイズなどを測る必要がある衣服を用意しましょうか」

「ええ、お願いするわ！」

「この世界の服は、前にマイからもらったヤツしかないのでな。どんなものがあるのか楽しみだ」

こうして俺も佳織について行きつつ、レクシアさんたちの服を用意していく。

「あら、これ可愛《かわい》いわね！　どうかしら、ユウヤ様？」

「おい、ユウヤ！　レクシアばかりではなく、その……わ、私の方も見てくれ」

「え、えっと……大変お似合いですよ……？」

「もう！　そこは可愛いって言ってほしいわね」

服屋で次々と服を試着しては、レクシアさんたちは毎回俺に感想を求めてきた。

正直、女性と一緒に買い物をするという段階で俺としてはハードルがかなり高いのだが、そこに服の感想まで求められると……。

　何より、先ほどから、周囲からの視線がすごかった。

「ねえ、アレ……」

「わ、すごい！　芸能人かな？」

「美男美女が揃《そろ》ってて……いやぁ、眼福だねぇ」

「くっ！　あの男……う、羨ましいいいいいい！」

　一部の男性陣は血の涙を流しそうな勢いで俺を睨《にら》んでくるので、とても怖かった。

　あまりにもすごい形相なので、万が一レクシアさんたちに何かあってもいけないため、周囲を警戒するという意味でも気が休まらない。

　こうして神経を尖《とが》らせながら買い物を終えると、最後は佳織が用意してくれていた王星学園の制服を試着することになった。

「わぁ……！　この服、可愛いわね！」

「あ、ああ。その、カオリ。本当にこんな服を着て学園に通うのか？」

「そうですね。違う学校だと、また制服も変わってきますけど……」

「なるほど……」

「私たちの世界の学園も、結構可愛い制服が多いけど、王族や貴族が通う学園の制服って妙に堅苦しくて動きにくいし、面倒なのよねー」

「カオリたちの学園に通う生徒は皆同じこの制服を着るのだろう？　私たちの世界では、平民と貴族で制服が変わるからな。そういう部分はこちらとは違う」

「へえ……」

ルナの説明に俺は驚く。

学校なので、意匠が違うといってもそれぞれの学年を表す何かが違う程度で、見た目の大きな違いはないと思っていた。

でも、レクシアさんとルナの話を聞いている感じ、結構な差がありそうだ。

そんなことを考えていると、レクシアさんは悪戯《いたずら》っぽい笑みを浮かべ、こちらに視線を向ける。

「それで、どうかしら？　この制服、似合ってる？」

「も、もちろん似合ってますよ」

「それじゃあ……可愛い？」

「うっ⁉　か、可愛いです……」

「ふふ！　ユウヤ様に可愛いって言われちゃったわ！　これはもう結婚するしかないわね！」

「ええ⁉」

「お前が無理矢理言わせたんだろうが。それに、お前が可愛いとは一言も言ってない。制服が可愛いって言ったんじゃないか？」

「何ですってー⁉」

「あはは……賑《にぎ》やかですね」

「そ、そうだね」

レクシアさんはルナに詰め寄ると、次々と文句を浴びせる。

しかし、ルナはそんなレクシアさんを軽く流し、まったく応えている様子はなかった。

——こうして、レクシアさんたちの留学の準備も無事に終わったのだった。

＊＊＊

レクシアさんたちと買い物をしてから数日後。

佳織が司さんに今回の件を話し、手続きをしてくれたおかげで、レクシアさんたちの留学が正式に決まった。

その後、ユティの時と同じく、レクシアさんたちの学園生活が始まる前に、佳織の指導によってレクシアさんたちも【言語理解】のスキルも身に付けることができた。

話す言葉に関しては、どうやら【異世界への扉】の効果なのか、元から問題なかったので、文字の読み書きさえ何とかなればよかったのだ。

……そういえば、前にレクシアさんたちが来た時にも、扉のことを調べようとして後回しにしたんだよなぁ。ちゃんと調べないと。

そんなこんなで準備は順調に進んでいき、ついに留学初日となった。

当初、レクシアは優夜と同じクラスで勉強する気満々だったが、年齢的には中等部ということで、泣く泣くユティと同じクラスに。

それに対し、ルナは優夜と同い年ということもあって、優夜と同じクラスに入ることが決定した。

「ズルいズルいズルぃー！　私もユウヤ様と同じクラスがいいのおおおおお！」

「フッ……大人しく諦めるんだな」

「ムキー！　どうしてルナだけユウヤ様と同じクラスなのよー⁉」

「そりゃあ年齢が同じだからな。おっと、つまり、レクシアは私の後輩になるわけか」

「キイイイイ！」

散々からかわれるレクシアは、本気で悔しそうな表情を浮かべていたものの、最後には何とか現実を飲み込み、納得していた。

「……こればかりは仕方ないわね。それに、後輩ってことは……は⁉　ユウヤ様をユウヤ先輩って呼べる⁉　これはアリね！」

どこまでも前向きなレクシアだった。

こうしてひと悶着《もんちゃく》ありつつ、二人のクラスも決定したところで、初の登校日。

「ハイ、皆席についてねー」

ユティとレクシアの担任となる柳《やなぎ》先生は、おっとりとした口調で生徒たちを座らせた。

「ホームルームを始める前に、今日は留学生を紹介します」

『⁉』

まったく予想していなかった状況に、ユティのクラスメイトたちはざわめいた。

「留学生だって！　どんな子かな？」

「ユティさんみたいに、やっぱり髪色とか違うのかなー」

「楽しみだね！」

それぞれの生徒たちが楽しみに話し合う中、ユティの友人である晴奈《はるな》は、ワクワクした様子でユティに声をかける。

「ねね！　留学生だって！　同じ外国人として、ユティさんも気になったりするの？」

「？　否定。すでに、知ってる」

「え⁉　も、もしかして、今日来る人知ってるの⁉」

「肯定」

「それってどんな――――」

「はーい、それじゃあ入って来てー」

晴奈がユティに質問を重ねようとした瞬間、柳先生の合図を受けて一人の女子生徒が教室に入って来た。

その生徒は溢《あふ》れんばかりに輝く金髪と、澄み渡る碧《みどり》の瞳が美しく、王星学園の制服がよく似合っていた。

そんな生徒――――レクシアの姿を見て、ユティのクラスは沈黙する。

レクシアの気配に圧倒され、沈黙が続く中、レクシアはそれを気にした様子もなく優雅に一礼した。

「初めまして。レクシア・フォン・アルセリアです。まだまだこの国のことについて分からないことだらけですが、どうかよろしくお願いいたします」

そして頭を上げると、レクシアは何かを思い出したように付け加えた。

「あ、それと！　高等部にいるユウヤ様は私の婚約者だから！　よろしくね♪」

『え』

サラッと告げられた言葉に、クラスが固まる。

そして――――。

『えええええええええ⁉』

中等部の校舎に大きな声が響き渡るのだった。

＊＊＊

「⁉　な、何だ？　今どこかでとんでもない誤解が発生したような……」

今日はレクシアさんとルナの留学初日。

少なくとも、まだ高等部にはレクシアさんたちの情報は出回っていないようで、いつも通りの朝の時間が過ぎていく中、俺は不思議な悪寒《おかん》に襲われたのだ。

悪寒の正体が分からず首を捻《ひね》っていると、沢田《さわだ》先生がやって来る。

「よーし、それじゃあホームルームをーって言いたいところだが、実はこのクラスに新たな編入生がやって来る」

『ええ⁉』

「ちなみに、外国人で留学生でもあるぞ」

『ええええ!?』

いきなりの留学生情報に、クラス中がざわつく。

「へ、編入生って……」

「なんていうか、優夜君から続いて多いような……?」

「メルルさんの時も驚いたもんなー」

「どんな子が来るんだろう?」

「外国人なんでしょ? 珍しい——って、メルルさんもそうだった」

まだ見ぬ編入生に皆が色々な推測を巡らせていると、メルルが首を傾《かし》げる。

「編入生というのは、珍しいものなのですか?」

「うーん……確かに珍しいかも」

家庭の事情で学校を移るケースがほとんどだろうが、高校生で転校だったり、編入したりするのは珍しい気がする。中学と違って、学校ごとに試験もあるだろうし。

ただ、今回に関しては編入生自体の珍しさというより、連続してこのクラスに編入生がやって来るということで皆は驚いているようだ。

本来ならもっとクラスがバラバラに分けられるのだろうが、そこは佳織が気を利《き》かせて、同じクラスにしてくれたのだろう。

「ちなみに、メルルも知ってる人だよ？」

「え、そうなのですか？」

こうして色々と話をしていると、沢田先生が手を叩《たた》いた。

「はいはい、落ち着けー。それじゃあ留学生を紹介できないだろうがー。ほら、入ってきていいぞー」

「――――失礼する」

沢田先生に促され、一人の女子生徒が入って来た。

輝く銀髪を靡《なび》かせ、凜《りん》とした佇《たたず》まいのその少女は、王星学園の制服を綺麗《きれい》に着こなしている。

どこか現実離れした美麗さに、クラス中が静かになった。

そんなクラスの様子を気にすることもなく、女子生徒――――ルナは口を開いた。

「ルナだ。不慣れなことばかりだが、よろしく頼む」

「はい、というわけで、ルナが今日からこのクラスで一緒に学ぶことになったから、そのつもりでなー」

『……』

「おーい、お前らー？　ルナが綺麗で見惚《みと》れるのは分かるが、そろそろ戻ってこーい」

『はっ⁉』

「ったく……そうだな、ルナの席は……メルルの隣にしよう。ほら、あそこの青髪の子だー」

「分かった」

ルナの編入を知っていた俺はともかく、メルルはルナの姿を見て驚いている。

ルナはこちらに歩いてくると、小声で呟《つぶや》いた。

「ユウヤ、メルル。これからよろしくな？」

「ははは……」

これからどうなるのか分からないが、俺は苦笑いを浮かべることしかできないのだった。

＊＊＊

「る、ルナさん！　ルナさんってどこの国の人⁉」

「すごい、肌キレー……」

「ねぇねぇ、彼氏とかいるの⁉」

「部活は決めた？」

「え、えっと……」

ホームルームが終わり、休憩時間になると、ルナに質問すべく、たくさんの生徒が押し寄せた。

まさかここまで自分に興味を持たれると思ってなかったのか、クラスメイトたちの圧力にルナはたじろいでいる。

……ルナは暗殺者として生きてきたわけだが、そんな子が今は他の同年代の高校生たちに圧倒されてる。

本人にとっては戸惑いが大きいのかもしれないが、この環境の変化はとてもいいことだろう。

ルナの様子を見て、そんなことを考えていると、亮《りょう》たちがやって来た。

「ほえー……ウチのクラスって、何かと目立つヤツがよく入ってくるよなー」

「そ、そうだよね。優夜君に始まり、メルルさん、ルナさんって……」

「そんなに目立つかな？」

「いや、目立つだろ」

俺としては平穏に過ごしたいだけなのだが、中々そういうわけにもいかず、結果的に色々なイベントやトラブルに巻き込まれていた。

とはいえ、昔と違って、そのことに不快感もないので、何だかんだ楽しめているのも事実だ。

すると、ルナはついに皆の圧力に耐え切れず、俺の方に視線を向けてきた。

「ゆ、ユウヤ！　助けてくれ！」

「あっ……」

『え⁉』

特に隠していたわけではないが、ルナと俺が知り合いであることはクラスの誰にも話していなかったため、ルナの言葉にクラス中が驚く。

そして、皆の疑問を楓《かえで》が代表する形で訊《き》いてきた。

「も、もしかしてだけど……優夜君とルナさんって知り合いなの……？」

「えっと……まあ、一応……そうかな」

「ああ。ユウヤの家で世話になっている」

「ちょっと、ルナさん⁉」

『えええええええええええええ⁉』

ルナの発言に、クラス中が絶叫した。

しまった……これ、ユティの時にも起きたヤツだ……！

やましいことがあるわけじゃないが、それにしたって俺の家にルナが住んでいるというのは、そこだけ切り取れば十分に誤解を生みそうな情報だ。

現に、皆色々な推測を始めたようで、騒がしくなった。

「ゆ、ゆゆゆ優夜君⁉　ルナさんが世話になってるってどういうこと⁉」

「その――……ルナは今、俺の家にホームステイ中と言いますか……」

「どういう繋《つな》がり⁉」

「……ぐ、偶然の成り行き……？」

「言い訳が厳しすぎないかい……？」

何とか絞り出した俺の答えに対し、凛《りん》が呆《あき》れたようにそうツッコんだ。

そうは言われても、異世界のことを話すわけにもいかないし、説明のしようがないのだ。

すると、ルナは驚愕《きょうがく》する楓を見て何を思ったのか、さらなる爆弾を投下する。

「ちなみにだが、私とユウヤはなかなかに深い関係だぞ」

「ふふふ深い関係いいいいいいい⁉」

「ルナさーん⁉」

どうしてそう紛らわしい言い方するんですかね！

確かに、異世界の【大魔境《だいまきょう》】で一緒に修行したりしましたけど、そんな言い方しなくても……！

楓の方を見ると、燃え尽きたように口から魂が抜け出ていたが、他の皆の反応はまた違っていた。

「さ、流石《さすが》優夜君……すでにルナさんを射止めていたとは……」

「まあ……優夜なら仕方ないと言うか、納得だよなぁ……」

「くう！　銀髪美少女と深い関係だなんて……なんて羨ましいんだこんチクショー！」

「あの、誤解！　皆誤解してるからね！」

俺は必死に言葉を尽くし、皆の誤解を解いていく。

そのかいあってか、休憩時間が終わる頃には皆俺とルナがそんな関係ではないと納得してくれたようだ。

ただ、楓など何人かはまだ疑っているようだったが……。

「つ、疲れた……」

「むう……そう必死に否定しなくてもいいんじゃないか？　さすがに私も傷つくぞ」

「あっ、ご、ごめん！　でも、そんな誤解を受けるとルナにも迷惑がかかるし……」

どういう意図であんな発言をしたのか分からないが、俺なんかと恋人みたいに思われたら、ルナにとっても迷惑だろう。

「……その自己肯定感の低さは、ユウヤの悪いところだな」

「え？」

「何でもない。ともかく！　ここではユウヤが先輩だからな。色々教えてくれよ？」

「わ、分かったよ」

――こうしてルナを留学生として迎え入れ、クラスはまた賑《にぎ》やかになるのだった。

＊＊＊

授業も終わり、帰りのホームルーム。

このまま帰りの挨拶をして終わりかと思ったところで、沢田先生は何かを思い出したようにクラスの生徒たちにあることを告げた。

「あ、そうだそうだ。最近、この学園近くのあちこちで不審な出来事が起きているらしいから、巻き込まれないように注意しろよー。もしそういったことに遭遇した時はちゃんと先生に連絡するんだぞー？」

「不審な出来事？」

俺が何のことか分からず首を捻《ひね》っていると、雪音《ゆきね》が教えてくれる。

「……最近、街中の建物が傷つけられたり、そこにあったはずの物が消えたり、妙な事件が起きてるの、知らない？」

「は、初めて聞いた。でもそれ、誰か犯人がいて……不審者の犯行ってことだよね？」

「……私もそうだと思うけど、何の証拠も出てこないの。監視カメラが設置されてた場所も被害に遭ってるけど、そこには何も映ってなくて、それなのに物だけが盗まれてたんだって」

「そ、そんなことが……まさか……」

監視カメラにも犯人が映らないのに、物が盗まれるってどうなってるんだ？

まさか、お化けの仕業とでも言うんだろうか？

すると、同じことをメルルも思ったのか、焦《あせ》った様子で否定した。

「そ、そんな非科学的な存在など信じられません。お化けなんて……お化けなんて……！」

メルルとしては存在を否定したいのだろうが、俺もメルルも遊園地のお化け屋敷《やしき》で本物

（らしきもの）に遭遇してしまっているのだ。あの時は本当にビックリしたなぁ……。

まあ異世界人や宇宙人がいるくらいだし、冷静に考えればさほど驚きはないんだが。

俺が思わず遠い目をしていると、雪音がこちらに視線を向けてくる。

「……それで、私はこの怪奇現象を調べようと思ってるんだけど……どう？」

「か、怪奇現象⁉　しかも、それを調べてるって？」

「……せっかくだから、メルルさんとルナさんも含めて、一緒に調べてみない？」

「わ、私もですか⁉」

「ふむ……それは構わないが、何故《なぜ》私も？」

ルナはまだ雪音とはそこまで親しくなったわけではないため、誘われたことに疑問を抱いているようだ。

「……純粋に、優夜と同じ家に住んでるなら、一緒に行動したほうがいいのかなと思って。それに、この怪奇現象を調べるために、街の色々な場所を見て回るし、ルナさんはまだこの街のことをそこまで知らないだろうから、その案内も兼ねて」

「な、なるほど」

確かに、ルナはこの世界に来てから日が浅い。

そういう意味では、怪奇現象を本気で調べるかどうかは別にして、一緒に街を見て回れるのはありがたかった。

「そういうことであれば、私としてもありがたいな。ただ、他にも人を呼んでいいだろうか?」

「あ、レクシアさん?」

「そうだ。……アイツを置いてお前と出かけたと分かれば、うるさくなるだろうからな」

「あはは……」

レクシアさんが文句を言う姿が簡単に想像できたため、俺はつい苦笑いを浮かべた。

雪音はルナの言葉に頷《うなず》く。

「……大丈夫、どうせなら、他にも声をかけて、皆で街を見て回ろう」

こうして雪音が色々な人に声をかけた結果、楓や凜、亮や慎吾《しんご》君といったいつもの面々が集まるのだった。

＊＊＊

「レクシア・フォン・アルセリアです！　よろしくお願いしますね！」

放課後。

雪音が提案した怪奇現象調査を始めるべく、皆で集まると、ルナがあらかじめ呼んでおいたレクシアとユティの姿がそこにあった。

他にも、佳織にも声をかけようということになり、気づけばかなりの大所帯に。

異世界のお姫様であるレクシアさんの様子を見て、亮たちが眩《まぶ》しそうに目を細めた。

「す、すげぇ……！　何だ、このオーラは……⁉」

「う、うん……！　ただ立ってるだけなのに、圧倒される……！」

「あはは……」

少し大げさな気もするけど、実際にレクシアさんが身に纏《まと》う雰囲気は、どこか圧倒されるというか、本当にお姫様なんだなと実感させられるものだ。

すると、そんなレクシアさんを見て、楓がどこか不安そうな表情を浮かべる。

「え、えっと……レクシアさんも優夜君の家に住んでるんだよね……？」

「あ、う、うん。そうなんだけど……ルナと同じでホームステイだからね⁉」

「それは分かったけど……むぅ……」

「あははは！　楓、そうむくれないの！　いいじゃないか、ここから逆転すれば！」

「り、凛ちゃん⁉　逆転って……そ、そりゃそうだけど……！」

そんなやり取りがされる中、佳織も難しそうな表情を浮かべていた。

「……ここまで大胆に動かれるとは……レクシアさんもルナさんもそれだけ本気というこ

となのでしょうか……？」

「佳織？　どうかした？」

「あっ！　い、いえ、何でもないですよ！　それよりも、こうして皆さんでお出かけするというのは楽しいですね！」

「そうですね。これでこそ日本のJKというものですね」

「……メルル、相変わらずその偏った情報はどこから仕入れてきてるんだ……？」

何はともあれ、これだけの大人数で放課後遊ぶのは新鮮なので、俺も楽しみだった。

「でもそうなると、晶《あきら》も一緒だったらよかったんだけどね」

「確かに！　アイツこそ、こういう遊びに参加したがるタイプだと思うけど、なんか毎日忙しそうだよなー」

今回の調査に、晶も誘われていたのだが、何か用事があるようで、涙を流しながら帰っていた。

亮の言う通りいつも忙しそうだし、何かあるのかな？

こうしてそれぞれが集まって親交を深めていると、雪音が口を開く。

「……皆集まったし、さっそく行こう」

「う、うん！　ちょっと怖いけど、この人数なら……」

「相変わらず楓は怖がりだねぇ。でも、どこに行くかは決めてるのかい？」

「……うん。学園のすぐ傍《そば》でも実は怪奇現象が起きてて、そこを見に行こうかなって」

今回は怪奇現象の原因を探る調査ではあるが、レクシアさんやルナに街を案内するという目的も含まれていた。それについては何も問題ないのだが、怪奇現象に関しては、俺も少し気になることがある。

俺は自分の体内に潜んでいる『邪《じゃ》』の力、クロに声をかけた。

「（ねぇ、クロ。前みたいにこっちの世界に邪獣《じゃじゅう》が呼び出されることってあるのかな？）」

『あん？　そりゃあ普通に生活してる分にはまず起こることはねぇけどよ。でも、実際に前に出現したくらいだ。また何かの拍子でこっちの世界に出現してもおかしくねぇよな』

「（やっぱり……）」

俺が気になっていたのは、今回の怪奇現象に邪獣がかかわっているんじゃないかということだ。

これだけ世間で騒がれているのに、犯人の正体が分からないとなると、もはや人間の手による犯行じゃない気がしてくる。

そして本当に邪獣の仕業なのだとすれば、このまま放置することはできない。

つい難しい顔をしていると、ユティが不思議そうにこちらを見てきた。

「疑問。どうした？」

「ん？　あ、ああ、何でもないよ」

「おーい、優夜ー！　先に行くぞー？」

「うん！」

とりあえず難しいことを考えるのは後にして、俺は雪音について行く形で怪奇現象が起きた現場に向かうのだった。

その道中、レクシアさんが俺の隣に来て、笑みを浮かべる。

「ねぇ、制服姿、どうかしら？　ユウヤ先輩？」

「せ、先輩⁉」

「だってそうでしょう？　私はユウヤ様より下の学年に入ったんだし。そうなると、やっぱり先輩って呼ぶのが普通でしょう？」

「そ、それはそうですけど……」

「なら、私も先輩だな、レクシア」

「ルナはルナよ！」

「おい、何故だ⁉」

言い合いを続ける二人を見て、楓たちは驚いていたが、レクシアさんと同じ中等部に在籍しているユティが、首を傾《かし》げながら俺を見た。

「質問。ユウヤ、先輩？」

「へ？　ま、まあ立場的にはそうだけど……」

「ユウヤ先輩……奇妙」

「奇妙って……」

確かに、今までユティから先輩と呼ばれたことはなかったので、いきなり先輩呼びされても不思議な感じではある。

それはレクシアさんも同じはずなのだが、レクシアさん的には先輩と呼ぶことが楽しいみたいだ。

「なるほど……地球の上下関係はこのようにして形成されるのですね」

「いや、別にこれだけってわけじゃないけどね……」

「ですが、私より上の学年の方は先輩と呼ぶべきということですね？」

「それはそうなんだけどね」

メルルとしても、何とか地球の文化に馴染《なじ》むため、色々な情報を仕入れようとしていた。

その方向が正しいのかどうかは別にして。

そんな感じで何だかんだ楽しく歩いていると、ついに目的地に到着した。

「……確か、ここら辺」

そこは人通りの少ない路地裏で、普段ならまず通りかかることがないような場所だった。

周囲にはゴミが散乱しており、正直怪奇現象がここで起きたと言われても分かりにくい。

「何だか汚い場所ね……」

「……どこの国も路地裏はこんなものか。まだ向こうの世界ほど殺伐とした気配はないし、マシな方だがな」

「何の比較よ……」

レクシアさんが眉を顰《ひそ》める中、闇ギルド所属の暗殺者して裏の世界で生きてきたルナは、この路地裏を見ても何とも思わないようだ。

狭い路地裏を進んでいくと、不意に雪音が立ち止まる。

「……あった」

「いっ⁉」

雪音が立ち止まった場所を見て、亮が驚きの声を上げた。

その声に釣られ、俺たちも視線を向けると……。

「な、何だ、コレ……」

「爪痕……？」

そこには、ここで何か巨大な生物が暴れたとしか思えないような、鋭い爪痕がコンクリートの壁に刻まれていたのだ。

「おいおい、街中に熊でも出たってのか？」

「そ、それにしても、大きすぎじゃない？」

慎吾君の言う通り、熊の爪痕にしては大きすぎる。

なんせ、俺たちの身長を優に超える長さの爪痕が刻まれているのだ。

すると、そんな爪痕にメルルが触れた。

そして何かを調べた後、亮たちに聞こえないような小声で俺に呟《つぶや》く。

「……おかしいですね。この爪痕は、私が持つデータベースに存在する、地球上のどの生物の爪とも合致しないようです……」

「それじゃあ、やっぱり地球の生物じゃなくて、異世界の生物の仕業なのかな？　それこそ邪獣とか……」

「否定。邪獣の大きさじゃない。それに、『邪』の残滓《ざんし》も感じられない。別の生き物」

『ユティの言う通りだな。ここら辺からは別に【邪】の気配は感じられねぇぜ』

ユティだけでなく、クロも邪獣の仕業という可能性を否定してきた。

こうなると、この爪痕は邪獣とは違う、別の存在によるものだと考えた方がいいだろう。

なら、一体どんな生物がこの傷を……？

爪痕を前に色々と考察していると、静かに黙っていた楓が口を開く。

「ね、ねぇ、もう帰らない……？　ほ、ほら！　こうして確認もできたんだしさ！　ねっ⁉」

「って楓は言ってるけど、雪音はどうすんだい？」

「……そうだね。これ以上見ても、何も分からないと思う」

「よ、よかったぁ……！」

「まったく……そんなに怖いなら、ついて来なけりゃいいのに」

「ええ⁉　凛ちゃん、それは酷《ひど》いよぉ！」

何も収穫がないと分かったため、この路地裏から引き上げることに決めた俺たち。

「あら？　もうここはいいのかしら？」

「そうみたいですね。これ以上、ここにいても何も分からないようですし……」

「ふむ……よく知らんが、あの爪痕が残せるような生き物がこの世界にもいるのか？」

「まさか！　こんなに大きな爪痕、初めて見ましたよ！」

「ふぅん？　それじゃあ、あの傷、何なのかしらね？」

レクシアさんたちは地球の路地裏という場所自体が物珍しかったようで、周囲を見渡していたが、ひとまずここにいても仕方がないため、引き上げることを了承していた。

「そうだ！　今から、せっかくだから皆でどこか遊びに行こうよ！」

「おっ！　そりゃあいいな！　この人数だとスポーツセンターとか？」

「か、カラオケもアリじゃない？」

皆でこれからすることを話しつつ、路地裏から帰ろうとした……その時だった。

「ッ⁉」

不意に凄《すさ》まじい悪寒《おかん》に襲われ、背中に冷たい汗が流れた。

何というか、どうしようもない嫌悪《けんお》感が押し寄せてきたのだ。

突然の事態に困惑していると、その感覚は俺だけが感じていたわけではなく、皆も同じだったらしい。

「な、何だ？」

「急に寒気が……」

「……もしかして、当たり引いた？」

「当たりって何⁉」

雪音だけのんきにそんなことを口にしているが、皆周囲を見渡し、警戒している。

ルナもレクシアさんを背後に庇《かば》いつつ、いつの間にか武器である糸の準備もしていた。

「……ユウヤ、この気配の正体は分かるか？」

「い、いや。俺もこんな気配は初めてだ……」

『一つ言っておくと、邪獣や【邪】の気配はねぇぞ』

クロがそう言うのであれば、この悪寒の正体は、まったく未知の存在によるものなのだろう。

ふとメルルに視線を向けると、メルルは亮たちに隠れながら、左腕に装着されたデバイスを操作していた。

「……おかしいですね。周辺には特に何の生命体の反応もありませんが……」

それは俺の【気配察知】のスキルでも感じており、周囲にそれらしい反応は何もない。

ひとまずこの状況から脱するためにも、路地裏から抜け出そうとする。

その時――――。

「キィィィィイイイ！」

「⁉」

突如、俺たちの目の前に、見たこともない化物が現れたのだ！

その化物は、一見小学生のようにも見える体格だが、頭部は綺麗《きれい》に禿《は》げ上がっており、体には衣服を何も纏《まと》っておらず、腹が大きく膨れており、全身が赤黒い皮膚で覆われていた。

何より特徴的なのは、子どものような体形でありながら、不釣り合いなほど異様に伸びた鋭い爪だろう。

あまりにも爪が巨大なため、目の前の化物は爪を引きずりながら歩いているのだ。

いきなり現れた見たこともない化物に、この場にいる誰もが絶句する。

すると、化物は落ち窪《くぼ》んだ目をこちらに向けてきた。

「――――」

「くッ⁉」

「優夜⁉」

それは、ほとんど反射だった。

俺が咄嗟《とっさ》に手にしていた鞄《かばん》を体の前に突き出した瞬間、その鞄を化物が爪で貫いたのだ！

「ハアッ！」

「キィ⁉」

化物の攻撃を防いだ後、鞄を投げ捨てると同時に化物に肉薄すると、その胴体に蹴りを叩《たた》きこむ。

俺の蹴りを受けた化物は大きく吹き飛び、俺はその隙に皆に叫んだ。

「皆、逃げてッ！」

「に、逃げろったって……！」

「――キシャアアアアア！」

「驚愕《きょうがく》。ユウヤの蹴りが全然効いてない⁉」

俺としてはかなり力を込めて蹴りを放ったつもりなのだが、何と目の前の化物はまったくダメージを負っていないようだったのだ。

とはいえ、このまま化物と戦おうにも楓たちを巻き込んでしまう上に、街中で剣やら槍《やり》やらを出すわけにはいかない。

どうすれば……！

すると、メルルが素早く腕に装着したデバイスを操作すると、次の瞬間、楓たちが突然その場に崩れ落ちた。

「こ、ここから逃げないといけないのに……」

その様子を見て、メルルが俺に告げてくる。

「緊急事態のため、一時的に皆さんには寝てもらいました。同時に、認識阻害の電波も発信しましたので、ここで戦闘しても大丈夫です！」

「ありがとう……！」

メルルのおかげで戦えると分かった俺たちは、それぞれ武器を構えた。

「佳織、レクシアさん！　二人は寝ている皆を見ててくれ！」

「わ、分かりました！」

「任せなさい！」

この中で戦う力がない二人に楓たちのことを見てもらいつつ、俺たちは化物と相対する。

その際、【鑑別】スキルを発動させたのだが……。

「なっ⁉　弾《はじ》かれた⁉」

なんと、この化物の正体を見抜くことができなかったのだ。

スキルが通用しなかったことに驚いていると、ルナが叫ぶ。

「ユウヤ、来るぞッ！」

「あ、あれ？　急に眠く……」

「キシャアアアア！」

「一時。とりあえず倒す」

ユティは化物の動きを予知し、矢を放とうとするが……。

「⁉　困惑。予知、できない……⁉」

「えっ⁉」

「……変更。通常の攻撃に移行する」

まさかユティの予知能力すらも通じないとは思いもしなかったが、ユティはその動揺をすぐに鎮《しず》めると、鋭い一矢《いっし》を放った。

しかし、化物はその攻撃を自身の巨大な爪を盾にすることで防ぐ。

しかも、盾にした爪に当たったとはいえ、猛烈な勢いで飛来したユティの矢でさえも、まったくダメージがないようだった。

ただ、爪が巨大であるということは、それだけ相手の視界も塞がるわけで、その隙をルナは見逃さなかった。

「食らえッ！　『螺旋《らせん》』！」

ルナの放つ無数の糸が、一つにまとまると、それはすごい勢いで回転しながら化物へと向かっていく。

この攻撃は相手の体を貫くだけでなく、その体内で弾けることでさらに大ダメージを与える凶悪な技なのだが……。

「キィィイイイ！」

「何ッ⁉」

的確に化物の隙を突いて放たれた一撃は、確かに化物の胴体に届いた。

だが、ルナの糸は化物の体を貫くことなく、その場で霧散したのだ。

「そんな馬鹿な！　攻撃が通じないだと⁉」

「それならば、これはどうですか！」

すると、今度はメルルがどこからか取り出した、小形のナイフを振り上げ、化物の爪へと突き立てた。

「これは単分子ナイフです！　これならばどんな装甲も――――」

「キシャアアアア！」

「きゃあっ！」

「メルル！」

なんと、メルルの突き立てたナイフは化物の爪を削るどころか、傷一つ与えることができずに弾かれたのだ。

化物が腕を薙《な》いだことによって吹き飛ばされたメルルだったが、空中で体勢を整えると、無事に着地する。

「そんな……攻撃がまったく通じない……⁉」

「物理的な攻撃がダメなら……！」

俺は素早く『魔装《まそう》』を展開し、体に魔力を纏わせ、【全剣《ぜんけん》】を手にして再び攻撃を仕掛ける。

魔力による強化と、【全剣】の効果で今度こそ間違いなく仕留められると思っていたのだが――。

「キィィィィィィィィイ！」

「ぐっ⁉」

突如、化物は絶叫した。

その声による衝撃波は物理的にも影響を及ぼし、周囲の壁に罅《ひび》を入れ、さらに建物の窓ガラスが割れていく。

だが、俺はその衝撃波に耐えながらも何とか化物の懐《ふところ》に潜り込み、剣を振り抜いたのだが――。

「えっ⁉」

しまったのだ。

【全剣】は、相手の体を斬り裂くことなく、そのまま雲を斬ったかのように、素通りして
同じように物理攻撃が効かない存在として、異世界でレイスと戦ったことがあった。

ただ、あちらは【全剣】などのゼノヴィスさんから受け継いだ武器や、魔力が込められた攻撃であればしっかりダメージを与えることができた。

しかしこの化物には、魔力どころかゼノヴィスさんの武器ですらダメージを与えられないのだ。

【全剣】は対象さえ存在していれば、どんな物でも斬ることができるはずなのだが、まるで目の前の化物はここに存在していないと考えてしまいかねない状況なのである。

これ以上力を出せば、周辺がとんでもないことになってしまうので、あえて力をセーブしながら戦っていたのだが、そんなことも言ってられなくなった。

そのため、残る手段として『聖邪開闢《せいじゃかいびゃく》』や神威《かむい》も発動し、化物に攻撃を仕掛けたのだが……。

「キィイイイイイイイイイイ！」

「『聖邪開闢』どころか、神威も通じない……⁉」

ある種、万能な力である神威を使ったにもかかわらず、何と化物にはまったく通じなか

ったのだ。

しかし、相手の攻撃はこちらに通じるため、防戦一方になってしまう。

「おい、ユウヤ！　このままじゃ埒《らち》が明かないぞ……！」

「そうだけど……！」

この状況を打破する手段が思い浮かばず、必死に頭を働かせていたその時だった。

「うっ⁉」

「ユウヤ⁉」

不意に、俺の体の奥底が、熱くなるのを感じた。

突然の状況に戸惑う中、その熱さは徐々に全身を満たし、体の外に溢《あふ》れ出てくる。

すると、俺の体から紫色の不思議なオーラが立ち上り始めた。

それはまるで、目の前の化物に反応しているような……。

「な、何だ、コレ……」

何故《なぜ》だか分からないが、俺がこの力を目にしたのは二度目な気がする。

だが、俺はこんな力を見たことはないはずだった。

体から噴出した紫のオーラは、ゆらゆらと揺らめくと、そのまま【全剣】に纏《まと》わりついていく。

いきなりのことに驚く俺だが、そんな俺のことを見ていたルナたちはさらに驚いていた。

「ゆ、ユウヤ……その力は一体……？」

「な、何故だか、体の震えが止まりません……！」

「恐怖。その力を見ると、身がすくむ……」

「え？」

俺としては、体から正体不明のオーラが立ち上り始めたということで、ある意味不気味ではあったが、ルナたちのように恐怖といった感情を抱くことはなかった。

だが、このオーラに恐怖を抱いたのはルナたちだけではないようで、今まで暴れていた目の前の化物の様子も変化する。

「キ、キシャアアアア……」

まるでこの紫の力に怯《おび》えるように、後ずさりを始めたのだ。

……何が起きているのかは分からないが、この力なら……！

俺が【全剣】を持つ手に力を籠めて突撃すると、化物はこの戦いで初めて逃げる様子を見せ、俺に背中を見せた。

その隙を俺は逃さず、そのまま【全剣】を振り下ろすと、今まで何の手ごたえも感じられなかった化物を、確実に両断することができた。

「キ、キキ、キィ――――……」

そして、体を斬られた化物は、その場で灰のように崩れ、消えていった。

「お、終わった、のか……？」

しばらく【全剣】を構えて警戒していたが、化物が復活する気配はなかった。

それと同時に、先ほどまで俺の体を覆っていた紫のオーラは、何事もなかったかのように消えていたのだった。

「あの力は一体……」

「ユウヤ様――！」

呆然《ぼうぜん》と手を見つめていると、レクシアさんと佳織が駆け寄って来た。

「ユウヤ様！　大丈夫？」

「え？　あ、はい。大丈夫ですけど……って、楓たちは？」

「楓さんたちも無事ですよ！」

佳織の言葉にひと安心した。

ただ……。

「この惨状は……どうしようか……」

化物との戦いで予想以上に苦戦を強いられた結果、路地裏はかなり酷《ひど》いことになっていた。

「あ、そうだ！　もしかして、これくらいなら俺の神威でも……」

思い付きで神威を発動させ、周囲に意識を向けると、アレだけボロボロになっていた周囲の壁や地面が、一瞬で元通りになっていく。

その様子を見て、レクシアさんや佳織が目を見開いた。

「ユウヤ様、いつの間にそんな力を？」

「す、すごいですね……それも魔法なんですか？」

「い、いや、これは違う力なんだけど……」

「……お前はどんどん知らない間に強くなっていくな」

強くなったかは別にして、色々な力を手に入れたことは間違いなかった。

ただ、俺やイリスさんたちの神威が、天界に住む観測者さんたちほど万能な力でないのは確かだ。

というのも、観測者さんたちはそれこそこの神威で生命を生み出すことすら可能なのだが、そんな力は俺たちにはない。

それはやはり、観測者さんたちが一度人間をやめるという工程を挟んだからこその結果なのだろう。

それでもこんな感じで建物を元の状態に戻したりするくらいなら、俺の神威でも問題なくできるようだった。

「ひとまず、ここを離れようか」

「そうですね。認識阻害の電波を発動させながら、反重力装置を使って皆さんを運びましょう」

長々とここにいるとまたあの化物が出現しないとも限らないため、俺たちは路地裏から抜け出すと、近くの公園で休みながら、皆が目を覚ますのを待った。

「……ん？　あ、あれ？　ここは？」

「あ、目が覚めた？」

「へ？　ゆ、優夜君⁉」

最初に目を覚ました楓に声をかけると、楓は慌てて飛び起きた。

その声に釣られてか、他の皆も目を覚ます。

「んあ？　ね、寝てたのか？」

「んー！　何だい何だい？　どうしてこんなところで……」

「た、確か、雪音さんの提案で怪奇現象が起こった場所を見に……」

「あ、あああああああ！　そうだ！　あの変な化物はどうなったの⁉」

楓はあの化物のことを思い出したのか、慌てて周囲を見渡した。

実は、メルルが緊急で皆のことを眠らせてくれたのだが、化物を見たことの記憶は消すことができなかったのだ。

楓の言葉を聞いて、凜たちもその時のことを思い出し、慌てて周囲を見渡すが……。

「あ、あれ？　ここ、公園、か？」

「うん。あの化物は……なんか消えちゃった」

「消えちゃったって……」

「……残念。写真撮りたかった」

「嘘《うそ》でしょ⁉」

ひとまず俺たちが化物を倒したということは伏せつつ、化物は自然消滅したという方向に話を持っていったのだが……あんな目に遭っておきながら、雪音はそんなことを口にできるなんて……よほど肝が据わってるんだな。

とにかく、あんなことがあった以上、これ以上遊ぶという気にもなれず、俺たちはここで解散することになるのだった。

＊＊＊

「――ということがあったんですよ」

『化物、か……』

「わふ？」

「ふごー」

「ぴ！」

家に帰った俺は、そのまま今日の出来事をオーマさんたちに話したのだが、オーマさんはどこか胡散臭《うさんくさ》そうな視線を俺に向けてきた。

『邪獣《じゃじゅう》でも何でもない未知の化物が、いきなり街中に現れただと？　そんな気配、我は感じなかったぞ？』

「え、オーマさんが気づかなかったんですか？」

『ああ。主たちの気のせいじゃないか？』

「気のせいって……実際に戦ったんですが……」

確かにオーマさんであれば、この家にいる状態で、地球に邪獣が現れればすぐに感知することができるだろう。

それだけの力を持っているオーマさんですら、今回の化物は察知できなかったというのだ。

「嘘じゃないですよ！　かなり苦戦したんですから！」

「そ、そうです。確かにこの目で見ました」

「首肯」

『信じられんのぅ……？』

レクシアさんたちもそう伝えるが、オーマさんはやはり信じてくれなかった。

どうすれば信じてもらえるかと考えていると、何と、あの不思議な紫のオーラがいきなり俺の体から溢れ出てきた！

「え、ええ⁉　何で急に⁉」

『ゆ、ユウヤ？　何だ、その力は……』

オーマさんもこの力のことは知らないらしく、驚愕《きょうがく》の表情でこちらを見てくる。

すると、俺の体から溢《あふ》れ出た紫のオーラが、何かに反応していることに気づいた。

先ほどは体から立ち上るように揺らめいていたのだが、今は何かに引っ張られているかのようにその方向に流れていくのだ。

「こっち……？」

『あ、おい！』

紫のオーラに導かれるように俺が辿《たど》り着いたのは【異世界への扉】が置かれた物置部屋。

そこにはおじいちゃんが収集していた不思議なものがたくさん置かれていた。

すると、そんな物置部屋にあった棚に置かれた、かなり年季の入った巻物らしき物が目に入る。

どうやら紫のオーラはこの巻物に反応しているようだった。

紫のオーラに導かれるように動く俺を、レクシアさんたちも興味深そうに見つめてくる。

そして、俺がその巻物に手を伸ばすと――――。

「ほほほ！　久しぶりの世界じゃ――ゴホッゴホッゴホッ！　え、埃《ほこり》くさっ⁉」

紫のオーラと古びた巻物が大きく反応し合い、いきなり物置部屋に一人の男性が、出現したのだった。

第二章　ご先祖様と縁結び

「す、少しは掃除しておかんか！　オエッ！　ゴホッ！」

　突然現れた謎の男性。

　その男性はこの時代ではまず見ない、まるで平安貴族のような格好をしている。それに加えて恰幅《かっぷく》がよく、人の好《よ》さそうな印象を受ける。

　男性が変わった姿をしていることももちろん気になったが、それ以上に俺たちが驚いたのは――――。

「お――――」

「ん？　お？」

「お化けええええええええ!?」

「えええええええええ!?　お、お化け!?　どこじゃ、どこじゃ!?」

「貴方《あなた》のことですけど!?」

「ハッ!?　麿《まろ》か!?」

怖がりながら周囲を見渡す男性についツッコんでしまう俺。

そんなことよりも、この目の前にいる男性は、皆が想像する幽霊のような見た目をしていたのだ。

というのも、男性の足下に目を向けてみると、そこには足がなく、薄く透けているのだ。

俺と男性のやり取りを見守っていたオーマさんたちも、驚愕の表情を浮かべる。

『むぅ……レイスのような実体のない存在は見たことはあるが、ヤツらには気配が存在する。しかし、この人間からはまったく気配を感じない……』

「わふぅ……」

「ふご？」

「ぴぴっ！」

ナイトも困惑しているようだが、アカツキとシエルは不思議そうに首を捻《ひね》るだけで、そこまで気にした様子はなかった。

「驚愕。幽霊、実在した？」

「すごいわね！　というより、あの服は何かしら？　チキュウに来てからも見かけなかったけど……」

「おい、レクシア!?　何故《なぜ》そんなに落ち着いていられるんだ!?」

「え？　だってユウヤ様のお家《うち》だし、こんなこともあるかなーって……」

「……それもそうか」

「納得するの⁉」

俺の家だからってだけで驚愕の事態が起きても納得されるのは釈然としないが、いつまでも驚きっぱなしというわけにはいかない。

俺のツッコミを受け、妙に納得している男性に声をかけた。

「いやぁ、麿、死んでおるんじゃったな！　うっかりうっかり……」

「あ、あのぅ……」

「ん？　おお、其方《そち》が麿を……って、そうじゃ！　まず、麿はお化けなどではないぞ！　ま、まあ確かに死んではいるが、あんな妖魔の類いと一緒にするでない！　よいか⁉」

「す、すみません⁉」

声をかけたものの、流れるように説教された俺は、つい謝ってしまった。

だが、それで男性は満足したのか、一つ頷《うなず》く。

「うむ、まあよい。それで、何じゃ？」

「い、いえ、その……貴方は誰なのかなと……」

ようやく聞きたかったことを口にすると、男性は笑みを浮かべ、胸を張った。

「よくぞ聞いてくれた！　麿こそが、平安時代最強の妖術師、天上空夜《てんじょうのくうや》じゃ！」

これ以上ないほどのドヤ顔を放つ男性……改め、天上空夜さん。

……ん？　天上？

予想外の苗字《みょうじ》に反応すると、空夜さんはニヤリと笑った。

「ま、よろしくの――――子孫よ」

「えっ……ええええええええええ!?」

――――俺の叫び声が、家中にこだましたのだった。

＊＊＊

「むほー！　現代の菓子とはこうも甘いのか！　最高じゃ、最高じゃぞおおおおおおお！」

「は、はぁ……」

――――あれから俺は、一度落ち着いて話を聞くために、空夜さんを連れてリビングに移動した。

そこで改めて自己紹介をしたわけだが、その際、お菓子を用意すると、これに空夜さんは強く反応した。どうやらお菓子に目がないようだ。

今も口いっぱいにお菓子を詰め込んでリスみたいになっている。そ、そんなに焦《あせ》らなくても誰も取らないのに……。

「驚愕。あの量のお菓子、口に含めない」

「すごいわねー。まああれだけ甘い物を食べるのなら、あの体形も納得だけど」

「そうだな。しかし、ユウヤのご先祖様なのだろう？　あまり似ていないな……」

「そうかしら？　身に纏《まと》う空気みたいなのは似てると思うけど」

「んん？　言われてみれば……見た目はまったく違って見えるが、二人とも、こう、包み込むような不思議な空気を纏っているな……」

目の前のお菓子に夢中な空夜さんを見て、レクシアさんたちはヒソヒソと何かを話していたが、その内容は俺の耳に届かなかった。

「ふぅ～。大変美味じゃったな」

「そ、それはよかったです」

「ところで、お主以外の子孫の姿が見えんが、どうしておるんじゃ？」

「あ……そ、それは……」

俺が思わず口ごもり、何と答えればいいのか悩んでいると、不意に空夜さんの目が妖しく光った。

それは一瞬のことだったが、俺には紫色に輝いたのが分かった。

「ほうほう……なるほどのぉ。嘆かわしい限りじゃ。同じ血を分けた子を、平等に愛することさえできんとはな……」

「は⁉　ど、どうして……」

何も語っていないのに、こちらの事情をすべて見透かしたような言動をする空夜さんに、俺は目を見開いた。

しかし、そんな反応に対し、空夜さんは呆《あき》れた様子で俺を見つめてくる。

「言ったじゃろう？　麿は最強の妖術師じゃ。大妖怪を滅ぼすのに比べれば、人の心を見透かす程度、ワケもない」

「え、妖術師ってのは本当だったんですか⁉」

「疑っとったんかお主⁉」

失礼だとは思ったが、いきなり妖術師だと言われても信じられなかったのだ。

よくよく考えてみると、こうして幽霊の空夜さんと出会えてる時点で不思議だし、もっと言えば、異世界や異星人の存在を知っている俺からしてみれば、妖術師がいたところで驚くことはないだろう。

だが、俺のご先祖様が妖術師だったと言われると、話は変わってくるのだ。

おじいちゃんも結果的にメルルが探してた設計図を集めてたりはしたが、それでも収集癖のある旅行好きってだけで、あの倉庫に集めた物が何なのか、よく分かってはいなかったはずだ。

お父さんたちもごく普通の人で、特に変わった力があったとか、それこそ妖術を使えるとか、そんな様子はなかったのだが……。

すると、俺の家族のことを調べたように、また俺の心を読んだのか、空夜さんは悲しそうに手で顔を覆った。

「これは麿の頑張りのおかげで世界が平和になったと喜ぶべきか、それとも最高最強の妖術師の技術が廃れたと嘆くべきか……」

「じ、自分で最高最強って言っちゃうんですね……」

「誰も言ってくれなかったからの！」

切ない……。

俺も思わず涙がこぼれそうになるが、空夜さんはじっと俺のことを見つめてきた。

「それにしても……お主が麿の子孫とは驚きじゃのぅ」

「え？　どうしてですか？」

「だって太っておらんのじゃもん」

「それは……」

俺のおじいちゃんや父さんたちは痩せていたのだ。

それに比べ、昔の俺は太っていたわけだが……そうなると、昔の俺は空夜さんに似ていた……ことになるのか？

すると、そんな空夜さんの発言に、レクシアさんたちも微妙な表情を浮かべる。

「さすがに太ってるかどうかで驚くのはどうかと思うわよ？」

「そうだな。体形など、運動でどうとでもなる」

「肯定。今のユウヤと貴方、あまり似てない」

『フン。まあ優夜《ゆうや》も妙な存在という点だけは似ているがな』

「わふ」

「ぶひ」

「ぴ」

「あれ？　麿、全否定されてる？」

皆からの意見を受け、空夜さんは頬を引きつらせると、一つ咳払《せきばら》いをした。

「オホン！　言っておくが、ただ太っているかどうかだけの話ではないぞ？　麿の場合、この体形に大きな意味があるんじゃから」

「え？　それはどういう……？」

「ああ、そうか……妖術の知識が途絶えた上に、麿《まろ》の体質もどこかしらの代で途絶えてしまったのかのぉ」

「体質、ですか」

思わず聞き返すと、空夜さんは頷く。

「そうじゃ。麿は昔から妖術を使うための力……『妖力』が豊富じゃった。しかも、その妖力はとんでもない量まで膨れ上がり、結果として、体を膨張させる形で蓄えられたのじゃ」

「え？」

「じゃから、痩せようと思っても痩せられん。なんせそれはただの脂肪や筋肉ではなく、妖力が肉体に蓄積した結果じゃからのう。おかげさまで運動はからっきしじゃったが、妖術はすごかったんじゃぞ！　えへん」

そう言いながら胸を張る空夜さんだが、俺はそれどころじゃなかった。

なんせ俺が異世界でレベルアップする前は、どんなに筋トレや運動、食事制限をしても、一向に痩せることができなかったからだ。

かといって病気を疑っても体は健康で……それまで俺の体は、どうすることもできなかったのだ。

呆然《ぼうぜん》とする俺の方見て、空夜さんは首を捻《ひね》ると、再び目に紫色の光……恐らく先ほど話をしていた妖力が宿る。

「んん？　お主……何やら奇妙な方法で今の姿になったようじゃが……何じゃ、麿の体質、お主が受け継いどったんか。どうりでお主の妖力がアホみたいに多いわけじゃ……そのくせ、体形が麿とは逆じゃから驚いたぞ」

そう言った後、空夜さんはどこか憐《あわ》れむような視線を俺に向けた。

「しかし、そうか……麿の体質を突発的にお主だけが受け継ぎ、妖術の知識も世界から消失したからこそ、お主は他の子孫から疎《うと》まれたわけじゃな……結果、お主も幼い頃の麿と同じように、痩せるために無駄な努力をしていたんじゃのぅ」

「む、無駄な努力？」

「そうじゃ。言ったじゃろう？　脂肪や筋肉ではなく、妖力が体に蓄積された状態じゃと。肉体が妖力の貯蔵庫として変質しておるから、そこには筋肉も脂肪もありゃせん。どれだけ体を酷使しようが、妖力は消費されないのじゃから、痩せないんじゃよ」

昔の俺の体の秘密をこんなところで知ることになるとは思わず、唖然《あぜん》としてしまう。

確かに痩せなかったこともそうだが、もう一つ、昔の俺にとって深刻だった悩みがあった。

「そ、それじゃあ昔、俺が周りから臭いって言われていじめられていたのは……？　あれもその妖力とやらと関係が……？」

「ああ……よいか？　妖力とは、すなわち妖《あやかし》の力じゃ。人間が無意識のうちに畏れ、忌《き》諱《い》するものなんじゃ。そして、お主は麿と同じ体質を持っておるし、見たところ妖力も膨大じゃ。結果、昔のお主はその膨大な妖力が体の外に溢《あふ》れ出しておったんじゃよ。しかし、それは常人には理解できん。故に、お主の妖力は体臭という認識で周囲から疎まれておったわけじゃな」

「そ、そんな……」

本当に、俺が今までやってきたことは何だったんだろうか。

お風《ふ》呂《ろ》にもしっかり入っていたし、筋トレも運動も食事制限も、できることは全部やってきた。

それでも何も変わらなかったのだ。

そのすべてがご先祖様から突発的に受け継いだ体質のせいだったなんて……。

本気で落ち込む俺のことを、空夜さんは痛ましそうに見つめた。

「……お主の場合、麿よりも妖力が強いようじゃ。その結果、人間の肉体では収まりきらず、肉体が妖魔のものに近くなってしまった。それもまた、お主が辛《つら》い目にあった原因じゃろう」

「………」

「そ、そんなに落ち込むでない！　いや、麿の体質のせいで子孫が苦しむことになるとは思いもせんかったんじゃ！　本当にすまない！　お詫《わ》びと言っては何じゃが、麿の技術も知識もすべてお主に教えるから！　なっ⁉」

必死に俺を励まそうとしてくれる空夜さんを見て、俺は思わず笑みを浮かべた。

「……フフッ。大丈夫ですよ。こうして理由も分かりましたし、結果的に変わることができました。それに、大切な家族や仲間も見つけることだってできたんです」

俺がそう言ってレクシアさんたちの方に視線を向けると、レクシアさんは手を挙げた。

「はいはい！　何だかよく分からないけど、私はユウヤ様の婚約者だからね！」

「よく分からないのに手を挙げてどうする。それに、お前はユウヤの婚約者じゃない。……まあ私も話の流れを把握しきれていないが、それでもユウヤが大切な存在だということは、間違いない」

「肯定。ユウヤ、大切」

『……まあ、いなくなられては困るな』

「わん！」

「ぶひ！」

「ぴっ！」

「……皆、ありがとう。こんな風に、今の俺は楽しく生きてます！」

皆が率直に接してくれることが嬉《うれ》しくて、優しい気持ちになっていると、ナイトたちが擦り寄ってきたため、俺は優しくなでた。

「いい子孫すぎて麿辛い」

「いいなぁ、私もユウヤ様に撫《な》でられたい！」

「いや、それは……悪くないが……」

『……コイツらは末期だな』

ナイトたちの感触を楽しんでいると、オーマさんの呆れるような声がした。どうしたんだろう？

すると、そんな俺たちのやり取りを見ていた空夜さんが、ため息を吐《つ》いた。

「はぁ……お主はそう言ってくれるが、麿としては心苦しいことをしたと、反省せねばな……それにしても、異世界とはまた妙なものじゃのう。お主の家族というナイトたちも、地球の妖怪と気配が似ておるものの、絶妙に違うのぅ。ただ、そっちの竜は地球の竜とあまり変わらんようじゃな」

「え⁉」

『何？　我のような存在がこの世界にいるだと？』

空夜さんの思いもよらない発言に、目を見開く。

というより、まだ俺がちゃんと異世界のことを説明していないのに、どうして空夜さんは異世界の存在を、それに加えてナイトたちが異世界からやって来たって認識していたんだろう……。

もしかして、さっきからこちらの事情を色々と察知しているように、異世界のことも同じ方法で知ったのかな？　例えば、ここにいる皆の記憶を見てるとか……何にせよ、とんでもない力だ。

そんなことを考えていると、空夜さんは何てことないように頷《うなず》いた。

「この時代で竜を見ることはないじゃろうが、昔は腐るほど見かけたし、麿も退治しまくったぞ」

「えええええ⁉　昔の地球って竜がいたんですか⁉」

「いたぞ。麿は妖術師じゃからな。竜以外にも、有名どころの妖怪は大体退治したのぅ。まあ現世ではほとんど伝わっておらんだろうし、伝わっておるのも麿が退治したのではなく、別の人間の手柄になっとるじゃろうがの」

「え？　そ、それ、いいんですか？」

「ん？　いいじゃろ。結果として退治できたことが重要で、誰が退治したのかはどうでもいいことじゃ。それに、そんな危険な世界、只人《ただびと》たちが知るべきではない。そして知られぬように戦うのが、麿じゃからな。誰も危険な存在を知らぬことこそ平和の証《あかし》じゃよ。この時代まで伝わってしまったものも、御伽噺《おとぎばなし》として楽しまれておるのなら、よいことじゃ」

晴れ晴れとした表情でそう語る空夜さんを見て、俺はこの人がご先祖様であることを誇らしく思った。

ついつい話し込んでしまったが、俺は訊《き》きたいことがあったのを思い出す。

「そうだ！　実は、さっき自分の体から紫色の力が立ち上ってきて、それに導かれた結果、巻物に触れて空夜さんと出会えたわけですけど……その紫の力に心当たりはありませんか？」

「何を言っておる？　それこそが妖力に決まってるじゃろ」

「あれが……」

「まあ妖力の知識が途絶えていた以上、その使い方が分からんでも仕方はないが……」

確かにさっきから時折、空夜さんの目が紫色に光るのを見て、そんな気はしていた。

ただ、何故《なぜ》いきなりこの力が使えるようになったのかが分からないのだ。

それこそ、あの路地裏で化物と戦った時もそうだし……あの化物は、空夜さんの言っている妖怪なのだろうか？

「えっと、実は今日、妙な化物と遭遇しまして、そいつと戦った時に妖力が使えるようになったんです」

「む？　化物、じゃと？　そういえばこの麿を封じていた巻物の封印が解かれたということは――」

そこまで言いかけた空夜さんは、何かに気づいた様子で、真剣な表情で俺を見た。

「待て、その化物……どんな姿をしておった？」

「え？　その、ちょうど俺の腰の高さくらいの背丈の子どものような見た目で、巨大な爪を引きずってました」

「あんな生き物は見たことがなかったな」

『そういえば、そんな話をしておったな。本当にいたのか？』

未《いま》だに疑っているオーマさんだが、空夜さんは俺たちの話を信じているようで、特に茶化すことなく続けた。

「間違いない。そいつは妖魔じゃな」

「妖魔？」

「しかも、その見た目から察するに、冥界の下層から逃げ出した妖魔じゃろう」

「え、め、冥界？」

次々と話が進んでいくため、頭が混乱してしまうが、空夜さんは説明してくれた。

「まず、麿《まろ》のような妖術師は、主に妖怪を相手にしておった。妖怪とは、お主たちに分かりやすく言うのであれば、魔物と同じような存在じゃ」

「な、なるほど」

「それで妖魔というのは、妖怪とは微妙に違い、死んだ生物の魂が変質化した存在のことを指す。故に、妖怪と違ってすでに死んでおるんじゃよ」

「ええ⁉」

「死んだ生物の魂が本来冥界から出てくることはない。特に妖魔に変質するような魂は、冥界でより厳しく管理されるからのう。じゃが万が一、何らかの理由で妖魔がこちらの世界に出現した際、その対処ができるよう、生前の麿はあの絵巻に麿の思念を封じ込めたわけじゃ。後世の妖術師たちが妖魔退治に苦労せぬようにの」

「それで……」

　空夜さんが巻物から解放されるトリガーは、その身に妖力を宿している人間が巻物に触れることが必須ではあるようだが、それとは別に、妖魔がこの世界に出現することも条件だったようだ。

「なるほど……クウヤ殿の話は理解した。しかし、さっき言った妖魔とやらは、すでにユウヤが倒してしまったぞ？」

「ええ！　ユウヤ様がカッコよく倒してたわ！」

「……現世に現れた妖魔がその一体だけならば、それでもよかろう。しかし、そうではなかろう？」

「それは……」

　沢田《さわだ》先生や雪音《ゆきね》の話を聞いた感じ、色々なところで怪奇現象が起きてるようだし、そう考えると妖魔があの一体だけとは思えない。

　だが、妖魔を見ていないオーマさんは、つまらなそうに鼻を鳴らした。

『フン。そんなもの、いくら現れようが消し飛ばすまでよ』

「そうはいかん。言ったじゃろう？　妖魔はすでに死んでいる存在。一つ訊くが、お主は死んでる者を消し飛ばせるのかのう？」

『そ、それは……』

「そこで、麿のような妖術師の出番というわけじゃ。麿や優夜《ゆうや》の身に宿っている妖力や、また別の力である『霊力』があれば、死者である妖魔に干渉することができるわけじゃよ」

「なるほど」

空夜さんの言葉に納得していると、空夜さんは妖力を目に集め、再び俺のことを見た。

「ふむ……突発的に妖力は解放されたようじゃが、まだうまく思い通りに操ることはできんじゃろ？」

「そ、そうですね」

俺がそう答えると、空夜さんは笑いながら胸を張った。

「安心するんじゃ！　麿が付いておる！　優夜を立派な妖術師に育て上げてみせるぞ！」

「えええええ!?」

いつの間にか妖術師になることが決定した俺は、こうして空夜さんから妖力について学んでいくことになるのだった。

＊＊＊

――ところ変わって、死後の世界【冥界】にて。

「霊冥《レイメイ》様。まだご報告がございます」

「まだ⁉」

封印から逃れた冥界内の妖魔たちの対処を終え、もうこれ以上の厄介ごとは勘弁な霊冥だったが、配下の一角《いっかく》は彼女のリアクションを見事にスルーして続けた。

「確かに虚神《うつろがみ》の魂は消滅しましたが、この地に来るまで、彼奴《あいつ》の魂が移動したことは変わりません」

「な、何じゃ。それがどうした？　もったいぶらずに教えよ！」

「つまり、現世と冥界の境界だけでなく、虚神の魂がこの地に到達するまでに触れてしまった様々な並行世界との境界や、時間軸の境界すら消滅してしまったようです」

「――――」

霊冥は気を失いそうになった。

元々現世と冥界は二つで一つ。

だが、一角が語ったことが本当なら、今回の事件はもはや一つの世界で対処できる話ではない。なぜなら、今自分たちがいる冥界に無数の世界との繋《つな》がりができてしまったことを意味していたからだ。

しかも時間軸の境界すらも消滅していた場合、このままでは世界同士がぶつかり、そのまま片方が片方を飲み込んで融合してしまうことだってあり得る。

「も、もしやとは思うが、他の冥界との境界も……？」

「消えてます。というより、今回の原因の魂は、元々別の世界に存在していた魂でして、それが世界の境界を破壊しながらこちらの冥界に辿り着いただけなので」

「────」

もはや霊冥一人に解決できる領域を超えていた。

「つまり、我の冥界は別の世界から飛んできた流れ弾を受けたということか……なんとはた迷惑な……」

自身が管理する冥界で起きた出来事であれば、責任をもって対処する気にもなるが、今回に関しては完全に別世界からやって来た虚神の魂の被害者であるため、霊冥はただ頭を抱えることしかできなかった。

するとそんな霊冥に、一角は追い打ちをかける。

「それともう一つ」

「もう一つ⁉」

「――冥子《メイコ》の封印も消えました」

「……」

今この場で一番聞きたくなかった言葉に、霊冥は天を仰いだ。

「……再び彼女を封印することは……？」

「不可能ではありませんが、現世との境界の修復と同じく時間はかかるかと。幸い、冥子自身はまだ大人しくしているようですが……」

境界の修復に加え、冥子の再封印。

「もうどうすればいいんじゃぁ……」

どこから手を付ければいいのかと、すっかり涙目になる霊冥に、一角が提案した。

「霊冥様。恐れながら、一つご提案が」

「何じゃぁ……」

「もう分かってるかとは思いますが、今回の件、我々や霊冥様だけでは解決できません。そこで、何人か協力者を連れてこようかと」

「協力者……？　言っておくが、天界の連中は無理じゃぞ。一角は天界に住む者の神威《かむい》があれば、様々な世界との境界をすぐに修復できると思っておるんじゃろう？　確かに我も良《い》い案だとは思うが、虚神を倒すために神威が必要だった以上、虚神によって消滅した世界の境界は、神威でもそうすぐには修復できない可能性が高い。何より、この冥界から天界は遠すぎるんじゃ。今は時間をかければかけるほど、被害が広がってしまうことになるじゃろう？」

「ええ、それは重々承知しております。ですが、私が申し上げているのは、天界の観測者たちではございません。それに、その者に依頼するのも冥子の封印の方です」

「何じゃと？」

予想外の言葉に霊冥は目を見開いた。

「実は虚神の魂が消滅する前に、どのような経緯でこの冥界まで流れ着いたのか、調べてみました。その結果、一人の人間の手によって、別世界の冥界に送られてきたことが分かったのです」

「何じゃと!?　虚神を倒したということは――」

「お察しの通り、その者は神威が使えるようです」

「ううむ……だが、別の世界の人間じゃろう？」

「いえ。その者は、我々の冥界と対になる世界――地球の出身ですね」

「何⁉　そんな力の持ち主が、地球にいるのか⁉」

少ないとはいえ、地球にも少なからず特殊な力を持つ者が存在する。

ただ、神威のような強力な力を持つ人間が地球に存在していたことに、霊冥は驚きを隠せなかった。

「そもそも、何故《なぜ》その地球人、別世界の存在である虚神や神威なんぞと関係あるんじゃ？」

「どうも、その人間の家には世界を超える不思議な扉があるようでして……」

「そ、そんな物まで持っておるのか⁉」

「ええ。それに、その者ですが……妖力も扱えるようです」

「神威に加えて妖力も⁉」

次々と加えられる情報に、霊冥は困惑した。

だが、一角の言葉が本当であるならば、霊冥にとって悪いことではない。

「さらに言えば、今回の件、我々に非はなく、別世界で起きたことにすべての原因があります。なので、その世界の対になっている冥界へと協力を要請することも可能かと。そうすれば、冥子の封印の手助けにはなるかと思います」

一角の言葉に、霊冥は考え込む。

「……人間であれば、冥界に連れてくるのは天界の連中よりも圧倒的に簡単じゃ。それに、神威が世界の境界線の修復にどこまで役立つか分からないとはいえ、まったく効果がないとは言えんじゃろう。それに加えて妖力もあるならなおさら……。それならば、我が世界の境界線を修復している間に、冥子の再封印を施してもらうこともできるやもしれん。何より別世界の冥界の助っ人《すけと》も加わるなら……」

ある程度考えがまとまった霊冥は、鬼たちを見渡した。

「勅命を下す！　今すぐその神威が使えるという人間を連れてくるのじゃ！」

『はっ！』

「一角は、今回の事件の発端となった世界の冥界と連絡を取り、何としても協力を取り付けるように！　よいな⁉」

「かしこまりました」

――――こうして、優夜の知らぬところで、彼はまた一つトラブルに巻き込まれることが決定するのだった。

＊＊＊

空夜さんと妖術の修行をすることが決まった翌日。

何事もなく学校の授業を終えた俺は、昨日の放課後に一緒にあの路地裏に行った面々に声をかけた。

「優夜君から誘ってくるなんて珍しいね！　どうしたの？」

「……もしかして、昨日の体験でオカルトにハマった？」

「ええ!?　ま、また探索に行こうって話!?」

「ち、違うよ！　そうじゃないんだけど……皆さ、あの化物と遭遇したことは覚えてるよね……？」

俺がそう訊《き》くと、皆顔を見合わせながら頷《うなず》く。

「まあ、あんな衝撃的なこと、忘れられるわけねぇよなぁ……」

「う、うん。誰に言っても信じてもらえないかもしれないけどさ……」

「さすがにあそこまでしっかり見えちゃったのに、存在してないってことはないねぇ」

「あはは……中々忘れられないと思いますよ」

やはりというか、皆あの化物との遭遇は衝撃的だったようで、何とも言えない表情を浮かべている。

「そのことなんだけど、やっぱりあんなに不気味な存在と出会っちゃったわけだし、一度お祓《はら》いに行ったほうがいいんじゃないかなって……」

「お、お祓い⁉　もしかして、私たちって呪われちゃったってこと⁉」

「……興味ある」

「雪音ちゃん⁉」

必要以上に怖がらせるつもりはなかったが、楓《かえで》は俺の言葉に怯《おび》えてしまった。逆に雪音は目を輝かせてるわけだが……なんというか、この子は物おじしない性格だよね。

とはいえ、俺がこんな提案をしたのにはちゃんと理由があった。

それは昨日、空夜さんから妖魔の話を聞いた後のこと。

＊＊＊

「お主、妖魔の残滓《ざんし》を祓ってもらえ」

「え？」

突然、空夜さんにそう告げられた俺。

いきなりのことで驚く俺に、空夜さんは真剣な表情で続ける。

「さっきも言ったが、妖魔とはすでに死んだ存在。ヤツらの存在そのものが現世に生きる者にとって、穢《けが》れ……いわば毒のようなもの。優夜は妖力があるからこそ、妖魔の残滓に耐えることもできるだろうが、それでも現状、妖力を使いこなせておるわけではない。となると、どこで体に悪影響が出てくるか分からん。何より、そち以外の……そこの子たちもその妖魔と接触したのじゃろ」

「直接触れたわけじゃないですけど……」

「体に触れたかどうかじゃない。その妖魔に近い場所にいただけでも十分影響はあるんじゃよ。とにかく、そこの子たちは妖力を持っておらぬ。となると、このまま妖魔の残滓を体に溜《た》め続けることになってしまうんじゃ」

「それを祓ってもらえと……」

「そうじゃな。本当なら、麿《まろ》が祓ってやればよかったんじゃが……見ての通り、麿は死んでおる。つまり、麿も妖魔と同じく死の穢れを身に纏《まと》っているといってもいい。故に、麿がそちたちを祓ってやることはできんのじゃ」

「え!?　そ、それじゃあ、空夜さんとこうして会話しているのも本当は危険ってことですか……？」

「いや？　妖魔は死の穢れを周囲に垂れ流しにしているわけじゃが、麿はその穢れを身の内に留《とど》めておくことくらい、造作もない。よって、優夜たちに影響はないぞ」

空夜さんはそこまで言い切ると、目に妖力を集め、空を見つめた。

「ふむ……とはいえ、現世に妖力や穢れに関する情報がどこまで残っておるやら……む、一応穢れを祓えそうな力を持つ者はおるようじゃの。そこに行けば……」

「えっと……？」

「……よし、見つけた。よいか？　今から言う場所でしっかりお祓いをしてもらうんじゃ。そこは――――」

＊＊＊

といった感じで、俺は空夜さんからお祓いに行くように念押しされていたのだ。

確かに、あの化物……妖魔からは、どこか不吉な気配を感じたし、俺だけならともかく、皆に悪い影響が出るのはまずい。

「うーん……まあこのままってのも気持ち悪いのは確かだよなぁ」

「そうだね！　私もお祓いに行ったほうがいいと思う！」

「楓は怖がりすぎだよ」

「凛《りん》ちゃんは怖くないの⁉」

「まあ不気味だとは思うけど、そこまでかなー」

「えええええ⁉　か、佳織《かおり》は⁉」

「私もそこまで気にはならないなと……」

「嘘《うそ》━⁉」

まあ佳織に関しては、異世界の存在も知っているから、あの化物を見ても異世界の魔物と同じくらいの認識でいる可能性は高いよね。

皆から同意が得られず驚く楓に対し、メルルが真面目な表情で口を開いた。

「楓さん。私は分かります」

「め、メルルさん……！」

「あんな非科学的な存在……信じられるわけないですよね……！　あり得ない……あり得ないんです……！」

「め、メルルさん……？」

「メルルの怖がり方の方が怖い気がするけどねぇ」

そう言って苦笑いを浮かべていた凛が、こちらに視線を向けた。

「それで、お祓いってのは分かったけど、どこに行くんだい？」

「えっと、夏休みに肝試しした神社、覚えてる？」

「え⁉　た、確か、神楽坂舞《かぐらざかまい》さんって人がいたところだよね？」

「おいおい、肝試しした場所でお祓いしてもらうのかよ？」

「……でも、よく考えたらあそこ神社だもんね」

「マイのところなら確実よ！」

神楽坂さんのことをよく知るレクシアさんがそう言うと、事情を知らない楓たちが首を傾《かし》げた。

「あれ？　レクシアさんは、神楽坂さんのこと知ってるの？」

「もちろん！　マイは向こうの世界で――むぐ⁉」

「あー！　コイツの言うことは無視してくれ。偶然知り合ったってだけだ」

「そ、そう？」

慌ててルナがレクシアさんの口を押さえると、その拘束から抜け出したレクシアさんがルナに怒る。

「ちょっと、何するのよ！」

「何するのよじゃない、バカ！　私たちが別の世界から来ていることは秘密だろう？」

「あ、そうだった」

「そうだったって……まあいい。とにかく、疑われるような言動は控えろ。いいな？」

「仕方ないわねぇ」

ヒソヒソとルナと語り合うレクシアさんだったが、納得したのか渋々頷いた。

「と、とにかく！　あそこはお祓いがすごい評判らしいから、どうかなって」

「なるほどな。まあこのまま過ごすのも少し不安だし、いいんじゃないか？」

「そ、そうだね！　そうと決まったらさっそく行こう！」

こうして神楽坂さんの神社に行くことが決定した俺たちは、予定をすり合わせると、次の休日、改めて神楽坂さんの神社へと向かうのだった。

＊＊＊

優夜たちがお祓いについての話をしていた頃。

王星学園《おうせい》では、生徒会長である喜多楽《きたらく》が、スクールアイドル計画を推し進めるべく動き始めていた。

「――というわけで、スクールアイドル、やりましょう！」

「何が、というわけなんだ……」

体育教師である大木《おおき》は、突如押しかけてきた喜多楽を相手に疲れた様子で応対していた。

「何って……スクールアイドルですよ！」

「いや、そもそも話が見えないんだが……」

ただただ困惑している大木に対し、喜多楽はいつもの調子で続ける。

「ああ、そうでした。実は私、この学園をもっと盛り上げたいと考えてまして……」

「これ以上盛り上げるつもりか⁉」

大木を含む全教師の認識としては、すでにこれ以上ないほど王星学園は世間で話題になっていた。

というのも例年、体育祭や学園祭を大規模に行っていた上に、今年からは優夜というさらなる注目株が登場したことにより、それぞれの学校行事がこれまでにない大盛り上がりを見せていたのだ。

だが、この喜多楽はそれだけでは飽き足らず、さらにこの学園を盛り上げたいと言っているのである。

「確かに今の段階でも、この学園は十分に世間の話題になっているでしょう」

「だ、だろう？　それなら別に――」

「甘いッ！」

「!?」

「甘すぎますよ、大木先生！」

大木の言葉を遮り、そう言い切った喜多楽。

「この間の学園祭で、先生は何も思わなかったんですか？」

「ど、どういうことだ？」

「いいですか？　確かに今の学園は、私のおかげで大きな盛り上がりを見せています」

「自分で言うのか……？」

「ですが、この間の学園祭……成り行きで日帝《にってい》学園と競い合う形になりましたが、私はその際に痛感しました。日帝学園はあれほど力を入れて宣伝をしていたにもかかわらず、我々の方はどうだと」

「そ、そうは言うが、結果的に日帝学園に勝ったじゃないか」

「その認識が甘いのです。あの対決は、最近我が学園で話題の天上優夜君がいたからこそ何とか勝利できました……彼がいなければ、勝負にすらならなかったでしょう」

「それは……」

大木は喜多楽の言葉を否定することができなかった。

事実、優夜が存在したことで、日帝学園との勝負に勝つことができたのである。

……ただ、優夜がいなければそもそも日帝学園との学園祭勝負なんて起きなかったというのは、この場の誰も指摘しなかった。

「もちろん学園祭対決の勝ち負けもそうですが、それ以上に私が憂慮しているのは、この先のことです」

「何？」

「……残念なことに、私は来年には進学し、この学園を卒業します。となると、もうこの学園を今のように盛り上げることはできなくなるのです」

現在三年である喜多楽は来年、同じ王星学園の大学部に進学することが決定していた。同じ学園であることに変わりはないが、高等部の方針に口出しすることはできなくなるのである。

そして次の生徒会長が決まった際、その者が喜多楽と同じように動けるかと言われれば、そんなことはあり得ないと大木も理解していた。

「私がいる間はいいでしょう。あらゆる手段を講じて王星学園の魅力を対外的に発信していけるので。しかし、私がいなくなれば、もうその役割を担《にな》う者はいなくなります。そうすれば、今は高い注目を集めているこの学園も、次第に誰も見向きもしなくなるでしょう」

学園祭勝負では日帝学園に勝利したが、学園の施設のクオリティなどは明らかに日帝学園の方が優れており、そこに在籍する教師たちも優秀だった。

その上、学園祭対決での敗北が切っ掛けとなったのか、これまで資金力のある家の生徒しか入学させなかった日帝学園が、王星学園と同じように、才能のある庶民を積極的に受け入れるように動き始めたというのだ。

これは日帝学園の生徒会長である神山美麗《かみやまみれい》による指示だった。

今までの凝り固まった階級意識を少しでも取り払い、より学園をいい方向へ導こうとしていたのである。

「そして今、注目を集めている優夜君もまた、いずれこの学園を卒業することになるんです。彼ほどの逸材が、また入って来るなんて保証はありません。だからこそ、私は少しでもこの学園に多くの新入生が興味を持って来てくれるような、そんな何かを残したいんですよ」

「喜多楽……」

真剣な表情でそう語る喜多楽に対し、黙って聞いていた大木は、感動したように震えていた。

だが……。

「い、いや！　ダメだダメだ！　……一瞬流されかけたが、お前の好きにさせたらどうなるか分かったもんじゃない！　それに、そんな大きなプロジェクトを、私の一存で決められるわけないだろう？」

「チッ……」

「お前今舌打ちしたよな？」

「いえ、気のせいです」

爽やかな笑みを浮かべる喜多楽に、大木は何とも言えない表情になる。

「しかし困りましたね……認めてもらわねば企画を進められないのですが……」

「あのなぁ……お前の今までの行動を思い返してみろ。それに、仮に俺が認めたとしても、他の先生方が認めるとは限らんのだぞ。むしろ、止められる可能性の方が高い。諦めるんだな」

そう大木は告げると、次の授業の準備をすべく去っていった。

「むむ……やはり私が動くと先生たちも警戒するか……まあ仕方のないことではあるが」

喜多楽も自分がこれまでにかなり色々なことをやってきたという自覚があるため、こうして先生に断られるのは想定済みだった。

「こうなるとやはり、私以外の人間を……それも、先生たちからも評判のいい者を代表者に据えた方がいいだろう……だが、誰がやってくれるだろうか……」

この時、喜多楽の脳内に浮かんだのは他の生徒会の面々。

「うむ……犬養《いぬかい》は元気があるが、少しおっちょこちょいだからな。私ほどではないにしろ、先生たちに迷惑をかけているし、猫田《ねこた》はそもそもこの計画に積極的ではない……宝城《ほうじょう》はこの中だと一番現実的ではあるが……む、待てよ？」

そこまで考えた喜多楽の脳裏に、とある人物が浮かぶ。

「そうだ……今までの行事を盛り上げてくれた、あの……天上優夜君ならどうだろうか……？　彼なら先生たちからの評判もいいだろうし、今回の計画の肝であるアイドル候補の女子生徒を集めることだって順調に進められるだろう……うん、いいんじゃないか？」

喜多楽は目を輝かせると、さっそく動き始めた。

「あははは！　そうと決まれば、彼を主軸にまた計画を練り直すとしよう！」

――こうして優夜はまた、知らないところで一大プロジェクトに巻き込まれることが決定したのだった。

＊＊＊

「というわけで、お祓《はら》いをお願いできますかね……？」

「アンタ、何でそんなに色々と巻き込まれるのよ……」

　さっそく神楽坂さんのもとに向かった俺たち。

　神社に着くと、境内を掃除していた神楽坂さんとすぐに出会うことができた。

　夏休みの時は夜にここを訪れたので境内の様子をよく確認できていなかったが、神社にはどこか神聖な気配が漂い、とても静かだった。

　あまりにも肝試しの時と様子が違うので、亮《りょう》たちも興味深そうに周りを見渡している。

「へぇ……昼間はこんな感じなんだなー」

「こうしてみると、全然お化けとか出て来そうにないね。むしろ浄化されそうな……」

「ここなら確かに、ちゃんとお祓いしてくれそうですね！」

　それぞれが感想を言い合う中、レクシアさんたちも周囲を見回して、はしゃいでいる。

「ここがマイの家なのね！　なんていうか……教会に近い気配と言えばいいのかしら？　すごく落ち着くというか、何か神々《こうごう》しい雰囲気に包まれてる気分ね」

「そうだな。普段は神など信じちゃいないが、この場所の澄んだ空気……案外、神ってものは実在するのかもな」

観測者という神様のような存在に出会った俺だが、この場所で感じる神聖さは、それとはまた違った気配を感じさせる。

すると、レクシアさんたちに気づいた神楽坂さんが、目を見開く。

「ちょ、ちょっと⁉ どうしてレクシアさんたちがここにいるのよ⁉」

「ああ……実は、あの二人がこの世界の学園に留学することになりまして……」

「留学⁉」

軽く事情を説明すると、神楽坂さんは呆《あき》れたようにため息を吐《つ》いた。

「本当に色々なことが起こりすぎよ……レクシアさんたちの留学もだけど、そこにいきなり妖魔とか……それは邪獣《じゃじゅう》とはまた別の存在なんでしょ？」

「そうなりますね……」

「本当に勘弁してほしいわ」

いや、本当に。

レクシアさんたちがこの世界に来るのはもちろん歓迎するが、妖魔やら無用なトラブルが舞い込むのだけは勘弁してほしいよね。

神楽坂さんの言葉に同意するように頷《うなず》いていると、何故《なぜ》か冷めた目を向けられた。

「何か頷いてるけど、ほとんどアンタのせいだからね？」

「え!?」

「はぁ……まあいいわ。お祓いでしょ？　正直、その妖力だとか妖魔だとかよく分かんないけど、やれるだけやってあげる」

そのまま俺たちは社殿に案内され、そこに座らされた。

「他所《よそ》は祝詞《のりと》とか色々と唱えたりするんだけど、ウチはこれだから」

そう言いながら神楽坂さんが取り出したのは、あの不思議なお札。

「まあ詳しい説明しても分かんないだろうから、とっととやっちゃうわね。まずは目を瞑《つぶ》って」

座らされた俺たちはそのまま目を瞑るように指示されると、大人しくそれに従う。

神楽坂さんがあのお札で邪獣と戦っていたのは知っているが、どんなふうにお祓いをするんだろう？

ただ、目を瞑るように言われた以上、確認する術《すべ》はない。

「――――」

何となくソワソワしながら待っていると、不意に神楽坂さんの方から神聖な気配が放たれた。

確か、神楽坂さんもレガル国に『聖女《せいじょ》』として召喚されたわけで、俺と同じで『聖《せい》』の力も使えるはずだ。

しかし、今感じている気配は、『聖』の力とはまた違う別のものだと思う。

『聖』の力とどちらがいいとか、そんな優劣はつけられないが……この気配は体の奥底に浸透していくようで、何とも心地いい。

それこそ体の内側に溜《た》まった悪い気のようなものを、すべて浄化してくれているような気分だった。

しばらくその心地よさに身を委ねていると、神楽坂さんから声がかかる。

「ふう……もういいわよ」

「あ……」

「さすがマイね！　なんていうか、フワッってしたわ！」

「何だ、その抽象的な感想は……だが、レクシアの言う通り、体の内側から癒やされているような感じがしたな」

「そう感じたならよかったわ」

レクシアさんたちの感想を聞いた神楽坂さんは笑みを浮かべると、視線を俺の方に移す。

「とりあえず、これでもう大丈夫だと思う。前の肝試しの時も言ったけど、こういったことはほどほどにしないといつか大変なことになるわよ？」

「そ、そうだよ、雪音ちゃん！　気を付けようね⁉」

「……そこまで言われたら、少しは考える」

「少しじゃなくて、ちゃんと考えてね！」

全然懲りた様子のない雪音を見てて、俺が苦笑いを浮かべていると、凜がふと気になることを口にした。

「それにしても、この神社って何が有名なんだい？」

「あ、確かに。さっきのお祓いもすごかったけど、厄除《やくよ》けで有名とか？」

「……何の神様を祀《まつ》ってるのか、気になるね」

それぞれがこの神社の神様について話していると、神楽坂さんは答えた。

「ウチは縁結び神社よ」

「縁結び？」

聞き慣れない言葉なのか、レクシアさんやルナ、ユティ、メルルは首を捻《ひね》っていた。

「そ。いい会社に就職できるようにとか、友だちとの縁を繋《つな》いでほしいとか色々あるけど……一番分かりやすいのは恋愛よね」

『恋愛⁉』

その言葉を聞いた瞬間、レクシアさんたちの目が変わった気がした。

「例えばだけど、ウチには恋愛関係のおみくじだったり、恋愛運上昇のスポットだったり、色々あるのよ」

へぇ……そんな場所だったんだ。

前は肝試しで来たもんだから、そんな印象はなかったもんな。

簡単な説明を受けたレクシアさんたちは、目を輝かせる。

「そ、それ、全部やりたい！　いや、やるわよ！」

「そ、そうだな。この国の神を調べるというのも大切なことだしな。うん」

「わ、私も気になります……！」

「そう？　それならやっていけばいいわ」

こうして一部の女子たちの熱量に圧倒されつつ、俺たちは神楽坂さんに案内される。

まず連れてこられたのはおみくじを引ける場所だった。

「ここでおみくじが引けるわ」

「おみくじって？」

「まあ簡単に言うと、その人の運勢を占うものなんだけど……ウチのは恋愛みくじだから、恋愛に関することしか書かれてないわ。どうする？　引く？」

『もちろん！』

「お、おお……皆のやる気がすごいぜ……」

「う、うん……恋する女性って強いね……」

爆発するような女子たちの熱量を前に、亮と慎吾《しんご》君は少し引いていた。た、確かにすごい熱量だよね……。

とはいえ、せっかくなので俺たちも引かせてもらうことに。

レクシアさんたちは内容を見るのを少し躊躇《ためら》っているようで、先に亮と慎吾君、そして俺が引いたおみくじの中身を読んだ。

「んー『小吉』か。何々……『ノリがいいので、異性の友人は多いものの、中々その先に進展することは少ないでしょう。故に、好意を向けられていることに気づきにくく、これに気づけるかどうかが重要です』……なんかやけに具体的じゃね……？」

「ぼ、僕は『中吉』だ……『自分の趣味趣向を存分に楽しみ、そのコミュニティの輪を広げていきましょう。同じ趣味同士、熱く語ることもあるでしょうが、熱くなりすぎず、冷静になることも大切です』だって……」

何というか、亮と慎吾君に合わせたようなおみくじの内容で、かなり驚いている。

実際二人がどうなのかは分からないが、ここまで二人に合った内容だとは思わなかった。

「びっくりしたでしょ？　この神社のおみくじ、よく当たるから」

『よ、よく当たる……』

「まあでも、あんまり気にしすぎても仕方ないからね。それを読んで、自分がどう感じて、どう行動するかが重要なんだし」

確かにその通りだな……。

神楽坂さんの言葉に感心しつつ、俺もおみくじを確認した。

「えっと……え？」

本来は『小吉』だとか『中吉』だとか、運勢が記載されているはずのそこに書かれていたのは――――『?』という記号だった。

「な、何？　コレ……」

「ん？　……って、何よそれ」

「俺が聞きたいんだけど……」

俺が困惑しているのを見て、神楽坂さんが俺の手元を覗《のぞ》き込んできたのだが、神楽坂さんも俺が引いたおみくじの内容に目を見開いた。

「アンタ、何をどうしたらそんな訳の分からない運勢を引き当てられるのよ？」

「俺のせいなの⁉」

これればかりは俺のせいじゃないと思うんだけど……。

とりあえず、運勢が『？』だったものの、亮たちと同じように、その下には説明が書かれていた。

「『なんですか？　この奇妙な運命は……色々な縁が複雑に絡《から》まりすぎて、先が見えないんですけど……でも、上手《うま》くやればこのすべての縁と結ばれることも可能でしょう。私も気になるので、ぜひ頑張ってください』……って、すごく語り掛けてきてるんですけど⁉」

内容もめちゃくちゃだし、このおみくじ何なんだ⁉

というか、俺の縁はそんなに複雑なのだろうか……？　これも妖力が関係していたりするのかな？

それも気になるが、全部の縁と結ばれるのは不味《まず》いんじゃない？　これ、恋愛みくじだよね？　この国、一夫多妻制じゃないんだけど……そもそも、俺なんかがそんなことになるなんて想像もできない……。

こちらにハッキリと語り掛けてくるおみくじに神様の存在を信じたものの、その内容自体はあまり信じられないという、何とも言えない気持ちになった。

まあ観測者という神様に近い存在には出会ってるし、この地球に神様がいてもおかしくないだろう。

自分のおみくじの内容に色々ツッコんでいると、凜とユティ、そして雪音が、自身が引いたおみくじの中身を読んでいた。

「『吉』ね……『自身の幸せも考えましょう』、か……」

「『中吉』。『できるだけ他人とかかわり、心の機微を学びましょう』……難解」

「……『小吉』。『趣味はほどほどにしましょう』……今の私には効く」

それぞれ思うところがあるのか、おみくじを前に唸《うな》っていた。

そして、一番おみくじに対して真剣になってるレクシアさんたちも、ついに覚悟を決めたのか、中身を読むことにしたようだ。

「行くわよ……えいっ！　――――え？」

「――――え？」

まず中身を読んだレクシアさんだったが、何が書かれていたのか、目を点にする。

そして、そのあとに続いた佳織たちも、中身を確認すると目を点にしていた。

「皆、同じことが書いてあるみたいですね……」

「『頑張ってください』って……どういうこと……？」

「ええ⁉　そんなこと……本当ね」

すぐに神楽坂さんが確認するも、皆のおみくじには『頑張ってください』という簡潔な励ましの一文しか書かれていなかったのだ。

その後、神楽坂さんの勧めでもう一度レクシアさんたちはおみくじを引いてみたものの、やはり結果は同じだった。

「あー！　何だかモヤモヤするわね！」

「確かにそうだな……」

「で、でも、ちょっと安心したかも……」

「それは……そうですね」

「……やはり行動あるのみ、ですか……」

皆、中身が分からないことにガッカリしていたようだが、どこか安心もしているようだ。

まあ、悪いことが書かれてたら嫌だもんね。

「何だかおみくじは変な感じで終わっちゃったけど……今から案内する恋愛スポットなら

大丈夫でしょ」

「あ、そうだった！　そっちもあるんだったね！」

「むしろ、ここからが勝負というところか……」

「が、頑張ります！」

再びやる気を見せる佳織たち。

そうして俺たちが案内された場所は、真ん中に小さな島が浮かんでいる、神社の中に造られた池だった。

「恋の願掛けとして、この位置から小銭を投げて、あの小島に乗せることができれば、恋愛にいいご利益《りやく》があると言われているわ」

「なるほど、簡単じゃない！　それじゃあルナ、お金ちょうだい！」

「まったく……」

ルナが呆《あき》れながらもレクシアさんに小銭を渡すと、レクシアさんは腕を回し思いっきりそれを投げた。

だが……レクシアさんの投げた小銭は、小島に届くことなくぽちゃんと池に落ちた。

「えええええ⁉　嘘《うそ》でしょ⁉」

「プッ……残念だったな？　レクシア。これでお前の恋は終わりだ」

「何でそんなこと言うのよおおおおおおお！」

鼻で笑うルナにレクシアさんは涙目になりながらそう訴えるが、ルナは気にした様子もなく小銭を手にする。

「まあそこで見ておけ。これが私とお前の差だ――――！」

鋭く投げられたルナの小銭は、真っすぐ池の小島へ飛んでいく。

しかし――――。

「にゃー」

「なっ⁉」

突如そこを横切った猫が、ルナの投げた小銭をはたき落としてしまった。

「あの野良猫《のらねこ》……よくうちの神社に遊びに来る子ね……」

そんな神楽坂さんの言葉に、わなわなと震えるルナ。

逆にレクシアさんは嬉《うれ》しそうにニンマリと笑った。

「あらあらあら⁉　残念だったわねぇ⁉　あんなふうに阻止されるなんて、私より運がないんじゃない⁉」

「くぅ！　い、いや、お前は自分の力で届かせることもできなかったんだ！　お前の方が運が悪いに決まってる！」

「何ですって⁉」

「何だ⁉」

「ぐぬぬぬ……」

顔を突き合わせて唸り合う二人に、俺たちは何と声をかければいいのか分からなかった。

すると、神楽坂さんがどこか呆れた様子で宥《なだ》める。

「あのね……気持ちは分かるけど、さっきも言ったように、大事なのは自分の行動だからね？　これはあくまで願掛けでしかないんだから。気にしすぎてもよくないわよ」

「そ、それもそうね……」

「つい熱くなってしまった……」

「まあいいけど、どうする？　次は誰が挑戦する？」

「そ、それじゃあ私が行きます！」

次に手を挙げたのは佳織だった。

ただ、俺はそれを見て、嫌な予感がした。

そしてそれは、見事に的中する。

「行きますよ……えいっ！」

「うおあっ⁉」

「どうしてこっちに⁉」

後ろで見守っていた俺たちに向かって、とんでもない速度で小銭が飛んできたのだ！

「あ、あれ⁉　ご、ごめんなさい！　も、もう一度……えいっ！」

「ひぃ⁉」

再度挑戦する佳織だったが、今度は俺の頬を切るように小銭が飛んできた。あ、危ない……あと数センチズレてたら、本当に痛い思いをしていただろう。

その後も、佳織は何度かチャレンジしたものの、結局小銭を前に飛ばすことができず、諦めることになった。

「うぅ……自分の運動能力のなさが恨めしいです……」

「あんなに綺麗《きれい》に真後ろに飛んでくるもんなんだなぁ……」

「ま、漫画みたいだったね……」

「あう……」

亮と慎吾君の感想に、佳織は再度撃沈したのだった。ど、ドンマイ……。

レクシアさん、ルナ、佳織と失敗が続く中、楓とメルルもチャレンジしたのだが、二人とも失敗に終わってしまう。

「そ、そんなぁ……」

「お、おかしいですね……投げる力、角度、ともに計算通りだったはず……」

メルルに至っては、エイメル星の技術を駆使して計算までしたようだが、突然、強い風が吹いたことで小銭が煽《あお》られ、池に落ちてしまったのだ。

こうして一番やる気のあった面々が撃沈したことで、俺たちも少し及び腰になっていると、ユティが手を挙げる。

「挑戦。私、やってみる」

「え？」

こういう行事にそもそも興味がないと思っていたので、ユティが手を挙げたことが意外だった。

だが、続く言葉を聞いて納得する。

「疑問。さっきから、妙な力で小銭が何かに阻止されてるみたい。私の技術が通用するか、試したい」

「あ、そういうことね」

一番成功の可能性が高そうだったルナも失敗したことで、『弓聖《きゅうせい》』の弟子として、自分の実力を試したくなったのだろう。

そういう意味では確かに気になるな……ここまでの流れを見ていると、どうしても神様のような見えざる大いなる力が、投げられた小銭に対して加わってるようにしか思えないからだ。

一同が見守る中、真剣な表情で池の小島を見つめるユティ。

そして――――。

「――――視《み》えた。『彗星《すいせい》』！」

「技使うの⁉」

まさかの絶技に、つい声を上げる俺。

それはともかく凄《すさ》まじい勢いで投げられた硬貨は、行く手を阻《はば》むように吹き付ける突風や、それによって舞い上がった小枝などを貫き、そのまま池の中の小島に突き刺さったのだった。

「おおおおおお⁉　す、すげえええええええ！」

「ま、真っすぐ突き刺さったね！」

「そ、そんな……！」

「わ、私たちは負けたのか……？」

ユティの神業に興奮する亮たちとは違い、レクシアさんたちはこの世の終わりと言わんばかりに絶望した表情を浮かべていた。そこまで気落ちするの⁉

あまりにも極端な皆の反応に驚いていると、ユティが俺の前にやって来る。

「誇示。ユウヤ、すごい？」

「え？　あ、う、うん。すごかったよ！」

「……そう」

素直に告げると、ユティは少し照れたように顔を伏せた。

「きいいい！　私もユウヤ様に褒められたかったあああああ！」

「マイ！　他にはないのか⁉　私たちにでもできそうなものは……！」

「ええ？　今のも十分できると思ってたけど……まあいいわ。最後にもう一つだけあるから、そこに案内するわね」

俺たちがなんとも言えない表情を浮かべた神楽坂さんについて行くと、そこには立派な樹《き》が生えていた。

その大きさに圧倒されるが、周囲の静謐《せいひつ》な雰囲気と相まって、神聖さが感じられる。

「この樹は『縁《えにし》の大木』と呼ばれてるんだけど、あそこに空洞があるのが分かる？」

「あ、本当だ」

神楽坂さんに示された方に視線を向けると、確かにちょうど人一人が通れそうな大きさの穴が開いていた。

「あの穴を八の字で潜《くぐ》り抜けることができれば、想《おも》い人《びと》と結ばれるご利益があるって言われてるわね。八の字を描くように潜り抜けることで、縁を繋《つな》ぎとめるって意味だそうよ」

「それなら私たちでもできそうね！」

確かに、さっきの願掛けは身体能力や運が関係していたものの、こちらは穴を潜り抜けるだけなので、簡単にできそうだった。

穴は確かに狭いが、ここにいる女子たちが通るくらいはできそうだし。

そういうわけで、真っ先にレクシアさんが挑戦すると、今回は無事に願掛けに成功した。

「やった……やったわ！　マイ、成功したわよ！」

「むぅ……ならば私も……」

レクシアさんに続く形でルナたちも挑戦し、皆成功していく。

「私も成功しました！」

「これなら問題なさそうだね」

このまま全員成功で一安心……そう思っていたのだが、そうはいかなかった。

「うえぇぇぇぇ！　何か、引っかかっちゃって、と、通れないよぉ！」

なんと、楓が……その、穴に胸がつかえてしまい、通り抜けられなかったのだ。

その様子に俺たち男子陣は居心地の悪さを感じてしまったわけだが、逆に女子たちは何故《なぜ》か失敗した楓を見て、絶望していた。

「こ、これが戦力差というものなのね……」

「おかしい……私たちは成功したはずなのに、何故こうも負けた気持ちになるのだ……！」

「楓さん、ズルいです……」

「……うん。楓、ズルい」

「えええええええ⁉ 何で私が責められてるのお⁉」

楓としては願掛けに失敗した上に皆から責められるのだから堪《たま》ったもんじゃないだろう。

こうして色々とハプニングは起きたものの、当初の予定通りお祓《はら》いという目的を達成することができたのだった。

第三章　スクールアイドル計画

神楽坂《かぐらざか》さんのもとでお祓いをしてもらった後。

俺は空夜《くうや》さんに妖力の修行をつけてもらっていた。

「……」

「いいぞ、その調子じゃ。焦《あせ》ると妖力が暴発してしまうからの。ゆっくりと修行を続けることが大事じゃよ」

今の修行の目標は、俺の意思で自由に妖力を放出できるようになることと、妖力を体内で自在に動かせるようになることだった。

そのための方法として、まずは自分の妖力と向き合う必要があり、座禅を組みながら己の体内に意識を向けていた。

この方法は初めて魔力を感じ取った時と似ているが、あの時は、自分の体に潜んでいたこの妖力に気づくことはなかった。

……妖力を感じ取れるようになったのは、天界で試練をクリアした、あの時からだ。

どんな試練だったのかは覚えてないけど、あの試練は人間をやめるために行われるもので、その行為が俺自身という存在と向き合うきっかけになり、こうして妖力が発現するに至ったのだろう。

そんなことを考えながら、体内で妖力を操っていたところで、空夜さんから終わりの合図が出た。

「よし、今日はこの辺にしようかの」

「ふぅ……」

「うむうむ。さすが麿《まろ》の子孫じゃ。すぐに妖力の扱いを身に付けることができたのぅ」

空夜さんの言う通り、修行を始めてそんなに経《た》っていないが、特に苦労することなく妖力を自在に放出したり、体内で動かすことができた。

気を付ける点としては、勢い余って妖力を周囲にまき散らしたりすることくらいだが、そちらも空夜さんが見てくれているので、今のところ心配はない。

つまり、修行としてはかなり順調と言えた。

そんな妖力の修行を続けているわけだが、俺としてはまだまだ妖力について知らないことばかりだ。

「あの、空夜さん。こうして修行をしているわけですけど、妖力や妖術を使うと、実際にはどんなことができるんですか？」

「そうじゃのぅ……異世界とやらには魔法という技術があるようじゃが、それに近いことができるのは間違いない。魔法が魔力を消費して事象を引き起こすとすれば、妖術も妖力を消費して事象を引き起こす技術じゃ」

「炎を出したりもできるってことですか？」

「そうじゃ。ただ、魔法と明確に違う点は、妖力の方がより攻撃的ということじゃろうな」

「攻撃的？」

あまりピンとこないので首を捻《ひね》ると、空夜さんは続ける。

「前にも話したが、妖力とは死の穢《けが》れが力となったもの。故に、その力も『死』に近いんじゃ。つまり、その力を消費して放たれる妖術もまた、殺傷能力が高い。例えば、魔法で生み出した炎と、妖術で生み出した炎であれば、妖術で生み出した炎の方がより熱く、そして何より消えないいんじゃ」

「消えない？」

「そうじゃ。妖魔に対して妖力がなければ攻撃を加えることができないように、妖力で生み出した事象は基本的に妖力の籠もった事象でしか打ち消すことはできん。覚えておきなさい」

確かに魔法で生み出した炎は、別に魔力が籠もっていない水でも消すことができるため、その違いはかなり大きいだろう。

「なるほど……」

「他にも、今お主にさせておる体内で妖力を操作する修行じゃが、これができるようになれば自然と肉体を強化し続けることも可能なのじゃ」

つまり、魔力による身体能力の妖力版ということだろう。

「麿やお主は妖魔の体質のせいで筋肉がまともにつかなかったわけじゃが、逆に言えば妖力を扱うことさえできれば、筋力などとは比べ物にならぬ力を常に発揮できるのじゃ。こちらは妖力を体外に放出する妖術とは違い、妖力を消費することもないからのぅ……」

——この力がなければ、あの妖魔たちを相手に戦うこともできなかったんだろうな。

こうして俺は、空夜さんに妖力を操る修行をつけてもらいつつ、平和な日々を過ごしていた。

……正直、この世界に出現した妖魔のことや、ヤツがこちらの世界に出現した理由は気になる。

だが、妖魔を俺一人だけで退治していくことはできない。

これに関しては空夜さんも、

「あまり気にしすぎても仕方なかろう。今のお主は、周りの人間を助けることだけ考えておればええ」

こんな風に言っていた。

というのも、空夜さんが言うには、流石《さすが》に妖魔がこの世界に解き放たれている状況を、冥界が放っておくとは思えないとのこと。

そういうわけで、今の俺は身近な人を妖魔の被害から守れるように、妖力の扱いを学んでいるのだ。

そういえば、さっき空夜さんが、俺がすぐに妖力を扱えるようになったと言っていたが、何か理由があるんだろうか？

少なくとも、天界に行くまでは妖力なんて欠片《かけら》も感じなかったわけで……。

未知の力であるはずなのだが、妖力は何故か妙に俺の体に馴染《なじ》んでいる気がするのだ。

そのことについて空夜さんに聞いたところ……。

「そりゃそうじゃろ。お主はこれまでその妖力を認識できていなかったのに加えて、その力を使う必要がなかっただけで、元々はずっとそちと共にあり続けた力じゃ。ひとたびその力の存在を認識さえできれば、息をするのと同じように、特段意識せずとも使えるようになるというものよ」

ということらしい。

結果的に、妖力を体の外に放出したり、その力を武器に纏《まと》わせて攻撃することも、ある程度はうまくできるようになったので、妖魔が現れても対処はできるだろう。

こうしてそれなりに充実した日々を過ごしていた俺は、今日も学校の授業を終え、帰宅しようとしたのだが……。

「――天上優夜《てんじょうゆうや》君はいるかな⁉」

「え？」

突然、勢いよく教室の扉が開くと、そこには一人の男子生徒が立っていた。

その男子はどこか自信に溢《あふ》れた表情で、思わず目が惹《ひ》きつけられるような……そんな雰囲気を身に纏っている。

とはいえ、まったく知らない人のいきなりの登場に驚いていると、まだ教室に残っていた沢田《さわだ》先生がこめかみを押さえた。

「お～い、喜多楽《きたらく》……何しにここに来た？　それと、そんな勢いよく扉を開けるな、危ないぞ」

いつもは生徒たちを振り回す側にいるはずの沢田先生が、突如現れた生徒を前に疲れた表情を浮かべている。

というより、あの人……俺のこと呼んでたよね？　いや、聞き間違いか……？

見知らぬ男子生徒に呼ばれた気がして俺が困惑する中、その生徒は沢田先生の言葉に笑みを浮かべた。

「ははははは！　こりゃ失敬！　つい気持ちが逸《はや》ってしまいましてね！　それで先ほども言いましたが、私がここに来たのは、天上優夜君に用があったからですよ！」

「天上に？」

やっぱり名前を呼ばれたのは間違いではなかったようで、沢田先生は怪訝《けげん》そうな表情を浮かべながらこちらに視線を向けてきた。

その視線の先を男子生徒も辿《たど》り、ついに俺を見つけると目を輝かせる。

「おお、いたいた！　君が天上優夜君だね……！」

「は、はい！」

ずんずんとこちらに向かってくる男子生徒に圧倒されていると、その生徒は俺の前に来るや否《いな》や手を取った。

「君の活躍にはいつも感謝しているよ！　いつもどんなことをしてくれるのか楽しみにしているんだ！」

「は、はぁ……その、どちら様でしょうか……？」

思わずそう訊《き》くと、男子生徒は一瞬目を見開く。

「ん？　ああ、そうか。君は転校生だったな。私は喜多楽総《そう》だ。この王星《おうせい》学園の生徒会長さ！」

「え……えええええええ⁉」

まさか生徒会長だとは思っておらず、驚きの声を上げてしまう俺。

そ、そういえば、俺ってこの学園に来てから生徒会長のこと見たことがなかったんだよな……。

他の生徒会役員の人たちは佳織《かおり》をはじめ、体育祭やら学園祭やらで挨拶しているのを目にしたことはあったが、生徒会長は見たことがなかったのだ。

特にこれまでそのことを気にしてはいなかったが……。

「まあ私は色々とやらかしすぎて、先生方に目を付けられてしまっていてね。皆の前に立たせてもらえなくなってしまったんだよ！」

何をしたらそうなるの⁉

どうりで生徒会長の挨拶を聞いたことがないと思った！

生徒会長にあるまじき状況に驚くが、当の本人はそれを気にした様子もなく豪快に笑っている。

そんな生徒会長を見て、沢田先生は疲れたようにため息を吐《つ》いた。

「笑い事じゃないだろー……確かにお前が手掛けてきた行事は全部成功してきてるが、それにかかる労力をまったく考慮しないのはどうにかしろ……そんなんだから、他の先生たちから止められるようになるんだ。もう少し考えて行動してくれれば、普通の生徒会長として活動できるんだぞ？」

「そんなつまらない生徒会長はやりません！」

「やってくれよ……」

どうやらこの生徒会長は、かなり個性的な人のようだ。

「それで、喜多楽。すごく嫌な予感がするが……お前、天上に何の用事だ？」

「あ、そうでした！」

沢田先生の言葉で目的を思い出した喜多楽生徒会長は、胸を張って俺に言い放った。

「天上優夜君！　ぜひ君に、我が学園のスクールアイドルたちを育ててもらいたい！」

る。

「…………はい？」

あまりにも予想していなかった生徒会長の発言に、俺は思わず聞き返した。

周囲で聞き耳を立てていた他のクラスメイトたちも、生徒会長の言葉に目を点にしている。

だが、ただ一人、生徒会長だけは一人で納得し、俺の手を取った。

「おお、引き受けてくれるか！　それならさっそく、詳しい話を――――」

「ちょ、ちょっと待ってください！　別に引き受けるとは言ってませんけど⁉」

「ん？　今、『はい』って言っただろう？」

「聞き返したんです！」

どう考えても俺が納得していたようには見えなかったはずだが、生徒会長はそうは思わなかったらしい。おかしい……こんなにも認識の差って出るものなんだろうか……？

すると、生徒会長は俺の手を放し、首を捻った。

「ふむ……私の勘違いだったと。しかし、何を聞き返すことが？」

「いや、最初からすべて聞き返したいんですけど……」

スクールアイドルもそうだし、それを俺が育てるとか、何から何まで状況を理解できていないのだ。

そんな中、黙ってことの成り行きを見守っていた沢田先生がため息を吐く。

「おい、喜多楽……お前また変なことを始めようとしてるのか？」

「変なこととは何ですか！　私はただ、この学園の素晴らしさをより世間に広めるための手段を提案しているだけです！」

「その方向性がぶっ飛びすぎなんだよなー……」

沢田先生の言葉に、俺だけじゃなくクラス中の皆が頷《うなず》いた。

すると、俺と同じく帰り支度をしていたルナが、小声で訊いてくる。

「何だかよく分からんが、あの男が言っていたスクールアイドルとは何だ？」

「え、えっと……」

正直、何て説明したらいいのか分からない。

なんせ、俺はそちらの方面にはあまり詳しくないのだ。

そんな俺の心を察してか、慎吾《しんご》君がどこからともなく現れた。

「る、ルナさん！」

「おあっ⁉　ど、どこから現れたんだ……⁉」

「そ、そんなことよりも、スクールアイドルというものはね……」

いつにもまして熱量が高い慎吾君の説明により、ルナだけでなく俺もスクールアイドルというものを多少は理解することができた。

「なるほど……この世界にはそのような文化があるんだな……民衆から人気を獲得する立場となると、勇者やマイのような聖女《せいじょ》に近いのかもしれないな」

ルナは少し圧倒されながらも、アイドルという概念を自身の知識とすり合わせることで理解したようだ。

「あ、喜多楽先輩……！」

「さ、捜しましたよ……！」

「佳織？」

生徒会長の驚きの発言に周囲がざわめく中、またこのクラスに人がやって来た。

一人は佳織だが、もう一人はそれこそ行事の挨拶で見たことがある女子生徒だ。となると、この人も生徒会役員のはず……。

すると、その女子生徒と佳織は、生徒会長のもとに真っすぐ向かってきた。

「先輩！　姿が見えないと思ったら……アタシらに黙って何勝手なことしてるんですか⁉」

「いやぁ、何事も勢いが大事だと思ってね！」

「それに振り回されるアタシらの身にもなってくださいよ！」

女子生徒が会長にそう訴えるものの、生徒会長はまったく応えた様子もなく、ただ朗らかに笑っていた。す、すごいメンタルだな……。

そして、生徒会長はそんな女子生徒を手で制する。

「まあ落ち着け！　今天上君を口説いているところなんだ」

「そ、そう言われましても……優夜さんもいきなりの話すぎて困りますよね？」

「そうですね……」

佳織がそう言ってくれたおかげで、俺は少し躊躇《ためら》いながらも頷くことができた。

「何でそのスクールアイドルという計画を始めようと思ったのかも分からないのですが、一番気になっているのは、どうして俺にその話を相談してきたのかなと……」

「そう言えば、それは伝えてなかったね」

「先輩⁉　巻き込むにしても説明してあげてくださいよ！」

「いいじゃないか、今から言うんだから！　まあスクールアイドル計画に関しては、この学園のＰＲが目的だよ。この間の日帝《にってい》学園との学園祭対決で思うところがあったからね」

どうやらあの学園祭対決で、日帝学園の宣伝力を目の当《ま》たりにして、色々考えることがあったようだ。

というのも、王星学園は例年通りの宣伝しか実施しておらず、逆に日帝学園はテレビやＷｅｂなど、あらゆる媒体を通して宣伝を展開していたのだ。

「今の王星学園も十分魅力的だとは思うが、ここらで一度、新しい試みを導入することで、また違った風を巻き起こせるんじゃないかと思ってね。その一環として、スクールアイドル計画を始めてみようと思ったわけだ」

「は、はぁ……」

「それで、そのプロジェクトの担当者に君を選んだわけだが、その理由は……ぶっちゃけ、先生からの印象がいいからさ！」

「ぶっちゃけましたね⁉」

あまりにもあけっぴろげにそう言われたため、さすがに驚いた。

「で、でも、俺は別に先生方から評判がいいわけでは……」

「そんなことないぞ？　ねぇ、沢田先生」

「……喜多楽の前では言いたくなかったが、それは正しいぞー。というのも、球技大会、体育祭、学園祭と、全部の行事でお前は活躍しているし、その上、この喜多楽のように暴走することもない。そういう意味で、先生たちはお前を非常に高く評価しているんだ」

「というわけだ。聞いての通り、私は少々やりすぎてしまい、先生方に目を付けられてるからね！　その視線を少しでも和らげる意味で先生方から評判のいい君をこのプロジェクトの担当者に採用したいと思ったわけさ！」

「本当にぶっちゃけますね⁉」

さっきもそうだが、生徒会長はあまりにも思ったことを口にしすぎなような……。

でも、それがまたこの人の魅力なんだろうな。

「さあ、ここまで説明したんだ！　天上君、ぜひ引き受けてくれるだろう？」

「俺は……」

説明を受けたとはいえ、まだ具体的に何をするのかも分かっておらず、何より俺なんかが役に立てるかも分からないので、話を断ろうとした時だった。

「ちょっとルナ！　私を待たせるなんていい度胸ね！」

「退屈。待ちきれず、迎えに来た」

「あー……そういえば、レクシアたちのことを忘れていた……」

レクシアさんたちが待ちきれず、高等部のこのクラスにまでやって来たのだ。

レクシアさんは留学としてこの世界に来たものの、王族であることに変わりはなく、いくら日本が安全な環境とは言え、何か危険なことが起こらないとは言いきれない。

それこそ最近は妖魔関連の事件もあったしな。

なので、学年こそ違うが、毎回待ち合わせをして一緒に帰宅していたのだ。帰る場所は同じだし、何より部活にも入っていないため、待ち合わせはしやすかった。

そしていつも通り待ち合わせの場所に先に来ていたレクシアさんたちが、いつまで待っても俺たちが待ち合わせ場所に現れないということで、こうして迎えに来たわけだ。

すると、そんなレクシアさんとユティを見て、生徒会長の目が光った。

「君！」

「うぇ⁉　わ、私？」

「そう、君だ！　その溢《あふ》れんばかりのオーラ……ぜひとも我が学園のスクールアイドルにならないか⁉」

「先輩⁉」

なんと、生徒会長はレクシアさんを見るや否《いな》や、スクールアイドルにスカウトし始めたのだ！

慌てて女子の生徒会役員が止めに入るも、生徒会長は止まらない。

「君にはスクールアイドルとしての才能がある！　その才能をぜひ、発揮してもらいたいんだ！」

「い、いきなりすぎて何が何やら……」

困惑するレクシアさんに対して、待ってましたと言わんばかりに生徒会長はプレゼンを始めた。

最初こそ訝《いぶか》し気な様子のレクシアさんだったが、徐々に話を聞いていくうちに表情が変わってくる。

そして――――。

「まだよく分からないけど、面白そうね！　それに、ユウヤ様が面倒を見てくれるんでしょ？　絶対にやるわ！」

「ええ!?　俺は別に……」

「ユウヤ様は手伝ってくれないの……？」

「うっ……」

悲しそうな表情で俺を見つめてくるレクシアさん。

その姿につい声を詰まらせると、レクシアさんはさらに続ける。

「私、この学園で色々な経験をしてみたかったんだけど……そうよね。ユウヤ様に迷惑をかけるわけにはいかないわよね……大丈夫、私が我慢すればいいだけなんだから。だからユウヤ様は気にせず――」

「わ、分かりました！　手伝います！　手伝いますから！」

「やった！」

思わず了承した途端、レクシアさんはさっきまでの悲し気な表情を一変させ、楽しそうに笑った。

少し釈然としないが、事実レクシアさんはこの世界で色々なことを経験したいだろうし、それを我慢させるのはよくない。

それなら俺が頑張ればいいだけの話だ。

……何をするのかも分かってないから、俺にできるのかも分からないんだけどさ。

すると、レクシアさんはルナに視線を向ける。

「当然、ルナもやるわよね？」

「え、私もか⁉」

「ふむ……確かに、君も彼女に劣らぬオーラがある……君も採用だ！」

「えええええ⁉　ま、まだ私はやるとは言ってないぞ！」

ルナがそう口にすると、レクシアさんはどこか意味深な笑みを浮かべた。

「あら、そう？　ルナがやりたくないって言うんなら、無理強いはしないわよ？　その代わり、私はユウヤ様につきっきりで面倒見てもらうから」

「なっ⁉」

『！』

レクシアさんの発言にルナは目を見開いたが、それと同時に周囲で成り行きを見守っていた数人が反応したような気がした。

「というわけで、ルナはやりたくないみたいです……申し訳ありません」

「む、そうか……残念だが仕方がない。それでは――」

「や、やる！　私もやるぞ！」

「ええ⁉　ルナ⁉」

まさかルナも参加するとは思っていなかったので俺が驚くと、ルナは何やら決意に満ちた表情で呟《つぶや》いた。

「ここでレクシアに後れを取るわけには……」

「フフ。それでこそ私のルナね！　それで、ユティはどうする？」

ルナが参加すると決まり、レクシアさんは楽し気に笑うと、今まで我関せずといった様子だったユティに声をかけた。

「疑問。アイドルになると、何かいいことがある？」

「ユウヤ様に面倒を見てもらえるわ！」

『!?』

「いや、それは別にいいことじゃないと思いますけど……」

「……了承。なら、私もやる」

「やるの!?　というかユティについては、いつも面倒を見ている気が……」

　まさかユティまでもが参加を表明するとは思わず、俺は驚いた。

　ユティはこういうものに興味がないと思っていたんだが……。

「ほうほうほう！　いやぁ、行き当たりばったりではあったが、すでに三人も参加者が集まったぞ！　ははははは！」

「本当にどうなってるんですか……」

　生徒会長の言葉に、生徒会役員の女子は疲れたようにため息を吐《つ》いた。

　そんな彼女をよそに、生徒会長はクラスを見渡す。

「とりあえずは三人でもいいとは思うが……せっかくだ。このクラスでスクールアイドルに興味がある者はいるかい？　後々全校生徒に向けて、募集をかけるとは思うが、ここで名乗り出てくれればありがたい！」

生徒会長の募集にクラス中はざわめく。

「ど、どうする……？」

「ちょっと楽しそうだけど……あの三人に並ぶのは気が引けるというか……」

「男子はどうなんだろうな？」

「気になるけど、それこそ絶対的なアイドルの優夜がいるんだし……」

やはり唐突だったこともあり、皆話し合いはするものの、特に名乗り出る人はいないようだった。

その様子を見て取った生徒会長は、一つ頷《うなず》く。

「ふむ……まあいきなりだったからね。とりあえず、今回はこの三人で——」

「あ、あの！」

「ん？」

生徒会長が募集を締め切ろうとした瞬間だった。

なんと、楓《かえで》が少し恥ずかしそうにしながら手を挙げたのだ。

「そ、そのスクールアイドル？　ってヤツ、私も参加できませんか⁉」

すると、そんな楓に続く形で、メルルも手を挙げた。

「判断材料が少なく、成り行きを見守るつもりでしたが……これもいい経験でしょうし、私も参加してみたいです」

「おお、追加で二人も参加者が！　いいとも！　ぜひ、スクールアイドルとして、我が校に貢献してほしい！」

楓とメルル以外は特に希望者はいなかったことで、レクシアさん、ルナ、ユティ、楓、メルルの五人が、スクールアイドルとして活動することが決まった。

いきなり生徒会長がやって来て、唐突に聞かされた話だったにもかかわらず、もうここまで形になったことに驚いていると、今まで黙っていた沢田先生がため息を吐く。

「はぁ……無駄だと思って止めなかったが、相変わらず順調に進んでいくなー……どうしてコイツの思い付きはこうもすんなり進んでいくんだ……？」

「無駄とか言わないで、止めてほしかったんですけど……」

「猫田《ねこた》、そりゃあ無理だ。コイツは何を言っても止まらない。というより、そもそも人の話を聞かないからなー」

「……それでよく生徒会長ができてますよね」

「これもまた、リーダーとしての資質の一つなんだろうなー」

佳織と一緒に来ていた生徒会役員の女子生徒も、沢田先生と一緒に疲れたようにため息を吐いていた。な、何というか……頑張ってください。

とはいえ、俺も訳も分からないままスクールアイドル計画の責任者になることが決定してしまったわけだ。

これからどうすればいいんだ……？

そんな不安を抱えていると、佳織が近づいてくる。

「優夜さん。その……すみません。こちらの都合に巻き込んでしまい……」

「い、いや、それはいいんだけど……佳織も大変そうだね」

「ま、まあ……でも、それ以上に楽しいですから」

苦笑いを浮かべている佳織だが、その言葉は本心だろう。

事実、かなり強引に話は進められたが、この喜多楽生徒会長は、何だかんだ周囲を笑顔にしてしまう才能があるんだろうな。

「でも、俺なんかがやっていけるのかな？　まだ何をするのかも分かってないけど……」

「大丈夫ですよ！　優夜さんならきっと上手《うま》くできます！」

「そ、そうかな？」

「はい！　……私も、生徒会の仕事さえなければ、レクシアさんたちと一緒に……」

「え？」

「あ、な、何でもありません！」

そんなやり取りをしていると、生徒会長は真剣な表情で何かを考えていた。

「ここまで魅力的な人材が集まったのだから、彼女たちの魅力を無駄にしないためにも他の部分にももっと力を入れなければ……まず楽曲は……そうだ！　あの人気アーティストの歌森奏《うたもりかなで》さんにお願いしよう！　この間の学園祭で縁もできたことだしね！　他にも衣装について考えたり……ははは、考えることが多いな、猫田君！」

「それに毎回巻き込まれるアタシらの身にもなってくださいよ……」

「いいじゃないか！　それよりも楽しくなってきたなぁ……！　よし、今からさっそく動き始めるぞ！　というわけで、天上君！　また詳しい話はそのうちに！　では！」

「あ！」

生徒会長は言うだけ言うと、その場から去っていった。

な、何て言うか……本当に嵐のような人だったな……。

初めて会った生徒会長だったが、俺はただただ圧倒され続けるだけだった。

第四章　冥界

「はあっ！」

「キキィ⁉」

妖力を纏《まと》わせた【絶槍《ぜっそう》】を、目の前の小さな化物を目掛けて突き出す俺。

今相手にしている敵は、姿こそ初めて遭遇した妖魔に似ているが、それよりさらに背丈が低く、どちらかと言えば異世界にいるゴブリンに近い見た目をしており、名前は『小鬼』というらしい。

現在俺は、空夜《くうや》さん指導のもとで妖力の扱いを特訓しており、小鬼はその訓練の一環として、空夜さんが自身の妖力で特別に生み出したものだった。

俺の攻撃によって胴体を貫かれた化物は、そのまま塵《ちり》のように消えていく。

その様子を見届けた空夜さんは、一つ頷いた。

「うむ。ずいぶんと妖力の扱いが上手くなったのぅ。ひとまずの目標じゃった、対象物への妖力の付与は合格じゃ」

「ふぅ……ありがとうございます」

何とか空夜さんから合格をいただいたことで、俺は一息吐いた。

すると、俺の訓練の様子を見ていたオーマさんが不思議そうな表情を浮かべていた。

『うぅむ……見れば見るほど奇妙な力だな……今まで見たことがない力だ。しかも、【邪《じゃ》】と違って、負の力ではないものの、これほど死の気配が濃密な力が存在しているとはな……』

「オーマさんですら馴染《なじ》みのない力なんですね……ちなみに、この妖力って後天的に身に付けることはできるんですか？」

ふと気になったことを空夜さんに訊《たず》ねると、彼は首を横に振った。

「難しいじゃろうなぁ。これまで説明してきた通り、妖力……つまり妖の力は、本来生者が避けるべき力じゃ。それだけ死の穢《けが》れの度合いも強い。故に、元々妖力を蓄えられる体が必要なんじゃ。ほんの少しでも妖力を身に付けていれば、それを増やすことは可能じゃがの」

「えっと……一つ気になったんですけど、元々妖力がないと、後から身に付けるのは難しいんですよね？　それじゃあ何で俺や……それこそ空夜さんの体には妖力が備わっていたんですか？」

「簡単な話じゃ。麿《まろ》たちのご先祖様に妖魔がいたってことじゃよ」

「へ⁉」

予想していなかった空夜さんの言葉に、俺は目を見開く。

「妖魔とは、何らかの方法で冥界から抜け出してきた魂が変質したものと説明したが……麿が生まれるよりさらに昔の時代は、今よりもずっと冥界と現世の境界線が緩かった。故に、妖魔が現世を跋扈《ばっこ》しておったりしたんじゃ」

「そんな時代が……」

「そして、その時代に妖魔に無理やり襲われ、妖魔の子を身ごもってしまった者や、純粋に妖魔との間で恋に落ち、人間と妖魔の血を持つ子どもが生まれたりするようになった。麿たちのご先祖様もそういった理由で、結果として、妖魔の血が天上《てんじょう》家に流れることになったというわけじゃ」

「な、なるほど」

「というわけで、今、生きている者が新たに妖魔の力を身に付けるのはほぼ不可能なんじゃよ。諦めるしかないのぅ」

『むぅ……』

「わふー」

オーマさんは妖力に興味があったようで、身に付けられないと聞いて少し面白くなさそうだった。同じようにナイトも妖力を身に付けることができればと考えていたようだが、その可能性が消えてしまい、残念そうである。

「お主たちが妖力を身に付けるのは不可能じゃが、優夜《ゆうや》が自分の妖力を引き上げる方法ならあるぞ」

「え？」

「まああまり勧められる方法ではないが……他の者の妖力を無理やりその身に宿すという方法じゃ」

「宿す？」

「そうじゃ。お主の中の……その妙な力を取り込んだ時と似たようなもんじゃろうな」

『……コイツ、俺の存在に気づいてるのかよ……』

まさか自分の話が出るとは思っていなかったクロは、空夜さんの言葉に驚いていた。

それは俺も同じで、空夜さんにクロのことは説明していなかったのだが、あっさりとそれを見抜かれてしまったのだ。

「そう驚かんでもよかろう？　そこの竜もできるように、磨だって力の気配を探ることくらい朝飯前じゃ。その力をどのようにして手に入れたかもな。何なら優夜も妖力の感覚を研ぎ澄ませば、できるようになるじゃろう」

「そ、そうなんですね」

「……少し話が逸《そ》れたが、どうやら優夜はその力を自ら引き受ける形で身に宿したのじゃろう？　それと同じように、他の者が持っている妖力を吸収することで、自身の妖力を増やすことができるぞ」

「それって、どの妖魔に対してもできるんですか？」

「まあできると言えばできるが、最初に言った通り、あまりお勧めせん。何故《なぜ》なら妖力を他の者から吸収するということは、言い換えれば死の穢れを一身に受けるのと同じじゃからのう。しかも、そちが遭遇したような妖魔などは、冥界でも悪の道に手を染め、魂まで悪意に染まったようなモノが大半じゃ。麿たちは妖魔の血が流れているからこそ、妖力に対して体が慣れてはいるが、いきなりそんな力を引き受けてしまえば、お主の身にも悪影響が出るじゃろう」

「な、なるほど……」

「一番安全に増やす方法は、体に蓄えられた妖力を使い切ることじゃな。妖力を身に宿している人間は、その力を使い切っても少しずつ回復していく。そして回復するごとに微量じゃが、妖力の貯蔵量が増えていくんじゃ。優夜や麿は持っている妖力が元々多いので消費するのも大変じゃが、これが一番確実かつ安全な方法というわけじゃ。何事も地道が一番じゃな」

　確かに、急激に力を手にしても振り回されるだけというのは、俺が身をもって実感していることだからな……そんな感じで空夜さんから妖力のレクチャーを受けていた俺は、ふとあることに気づいた。

「そう言えば、レクシアさんたちは……？」

『ん？　あやつらは買い物に行ったぞ』

　レクシアさんたちは地球に勉強しに来ただけじゃないしね。地球を見て回ることでアルセリア王国のためになることもあるんだろう。

「最初はどうなるかと思ったけど、こっちの世界に馴染めてるようでよかった」

　ユティも地球に来てから少し経《た》った頃、友だちをつくったりしていた。

　レクシアさんたちも、文化の違いに戸惑うことはあっても基本的には楽しめているようだ。

　こうして妖力の訓練を終えた俺は、地球の家に戻り、レクシアさんたちが帰って来た時にご飯が食べられるよう、夕食の準備をしようとした……その時だった。

「っ⁉」

突如、俺の背筋に冷たい衝撃が走る。

それは初めて妖魔と対峙《たいじ》した時の感覚に似ていたが……あの時の妖魔が可愛《かわい》らしく思えるほど濃密な、死の気配だった。

慌てて周囲を見渡すと、俺の目の前に謎の黒い渦が出現し、中から筋肉質な腕が伸びてきた。

そして腕に続いて姿を現したそれは、一見異世界にいるブラッディ・オーガのような見た目をしていた。

しかも、それは一体だけでなく、何体も続けて現れる。

ブラッディ・オーガのような見た目とは言ったものの、肌の色は黄色や水色と非常にカラフルで、よく見ると彼らの目には、魔物にはない理性の光が灯《とも》っていた。

何て言うか……『鬼』という言葉がよく似合いそうだ。

とはいえ、いきなり死の気配を振りまきながら現れた存在に警戒していると、鬼の一体が俺に気づく。

「貴様が天上優夜だな？」

「え？　ど、どうして俺のことを……!?」

やはり魔物であるブラッディ・オーガとは明確に異なり、人間の言葉を話したことに驚きつつも、その内容にはさらに驚かされた。

そんな俺に対して、鬼は淡々と続ける。

「霊冥《レイメイ》様がお呼びだ。ついてこい」

「霊冥……？」

思わずそう聞き返した瞬間だった。

鬼たちの気配が急激に不穏なものへと変化した。

「貴様……霊冥様を呼び捨てにするとはなんと不敬な！」

「え？　べ、別に呼び捨てにしたつもりは……！」

「……どうやら霊冥様のもとに突き出す前に、教育を施す必要があるようだな」

腕を鳴らしながら、俺に近づいてくる鬼たち。

次の瞬間、黄色の鬼がいきなり殴りかかって来た。

「おらっ！」

「くっ！」

咄嗟《とっさ》に飛び退《の》いた俺は『魔装《まそう》』を展開し、さらに【聖邪開闢《せいじゃかいびゃく》】も発動させた。

とにかく落ち着いて話を聞いてもらうためにも、まずは戦わないと……！

「はあっ！」

家の中ということもあり、力を出しすぎないように鬼を殴るが、まるでダメージを受けた様子がない。これは……妖魔と一緒か！

「無駄だ。貴様如《ごと》きでは、我々に傷ひとつつけることすらできん。大人しく打ちのめされるがいい」

「フッ！」

「ガハッ⁉」

「何だと⁉」

妖力が必要だとすぐに分かった俺は、改めて全身に妖力を行き渡らせ、鬼の胴体に蹴りを叩《たた》き込んだ。

相手は俺が妖力を扱えないと思っていたようで、まともにガードすらしていなかったため、俺の蹴りがもろに突き刺さり、黄色の鬼は腹を抱えて蹲《うずくま》った。

それを見て他の鬼たちは警戒すると同時に激昂《げっこう》する。

「貴様……たかが人間の分際で……！」

「くっ！」

圧倒的な死の気配……つまり、妖力をまき散らす鬼たちを前に、俺が、思わず腕で顔を庇《かば》うと、鬼はその隙を突いて攻撃を仕掛けてきた！

「食らえッ！」

「しまった⁉」

一瞬で懐《ふところ》に潜り込まれたことで、鬼の攻撃を避けることができない……俺が攻撃を受ける覚悟を決めた瞬間……。

「――――何をやってるんですか？」

「なっ⁉」

「あ、一角《いっかく》様⁉」

「……はぁ。どうやら情報が行き届いていなかったようですね」

突然、俺に放たれた鬼の拳を静かに受け止める者が現れた。

その者は、見た目は青色の肌をした鬼だったが、他の鬼たちよりもはるかに理性的で、何よりその身から溢《あふ》れる妖力の静けさにゾッとする。

というのも、それまで戦っていた鬼たちは、妖力を抑えるというより、解放しながら襲い掛かってきていた。

それに対して、この一角と呼ばれた鬼の妖力は、どこまでも静謐《せいひつ》で、一見すると強そうには見えない。

だが、微《かす》かに溢れ出る妖力が、恐ろしいほど濃密なのだ。

いきなりの乱入者に驚いていると、背後から空夜さんの声がかかる。

「ふぅ……何やらいきなり戦い始めたもんじゃから、急いで麿《まろ》の妖力でこの家を護《まも》ってやったが……疲れたぞ」

「え？　あ……す、すみません！」

どうやら空夜さんは鬼との戦いに割って入ろうとしたようだが、それよりもこの家が壊れないように力を割いてくれたようだ。

「よいよい。本当なら早く止められればよかったんじゃがのぅ。まさか、霊冥様の使いである鬼たちが来るとはな。いよいよ冥界はかなり騒がしいらしい」

「……貴方《あなた》は……なるほど、思念体ですか。ここまで綺麗《きれい》な思念体を残せるとは、生前は素晴らしい妖術の腕をお持ちだったようですね」

青い鬼が空夜さんの姿に驚いていると、当の本人である空夜さんは首を横に振った。

「止《や》めてくだされ。麿はそんな大した存在じゃない。それよりも、そこの優夜に用がおありで？」

「ああ、そうでした……私は霊冥様の使者の一角と申します。この鬼たちから話を聞いているとは思いますが、我らが主《あるじ》、霊冥様が貴方をお呼びです。そこでこの鬼たちを迎えにやったのですが……どうやらこちらが粗相をしてしまったようで。大変申し訳ない」

一角さんはそう言うと、何のためらいもなく頭を下げた。

「あ、頭を上げてください！　特にケガもしてないですし、俺は大丈夫ですから！　それよりも、どうして俺を……その、霊冥様という方が呼んでるんでしょうか……？」

いきなり鬼たちに襲われたのは驚いたが、それはまだいい。

それよりも、この鬼たちの主人だと思われる霊冥様という存在が、どうして俺なんかを呼んでいるのかが分からなかった。

「それにつきましては、霊冥様ご本人からお話を聞いていただきたく……ぜひ一度、冥界にまで来ていただければと思いまして」

「えええええ⁉　め、冥界ですか⁉」

冥界って、死んだ人が向かう場所だよね？　そんな場所に生きてる俺がお呼ばれするって……大丈夫？　これで死んだりしないよね……？

そんな俺の心配が伝わったのか、一角さんは続けた。

「いきなり冥界にと言われても不安でしょう。しかし、優夜様であれば、妖力を身に宿しておられるようですし、何より霊冥様からのご招待ですから。その手のことにつきましては心配ありません」

「な、なるほど」

「ただ、残念ながら招待されているのは優夜様のみでして……そちらの皆様をお連れすることはできないのです」

「え⁉」

「わふ⁉」

「ぶひ？」

「ぴぃ⁉」

『……何だと？』

もし仮に冥界に向かうとしても、ナイトたちも一緒に行けるものだと思っていた俺は、思わず目を見開いた。

「納得いかないかもしれませんが、仕方のないことなのです。皆さんもご存じの通り、冥界は死者の国。その地には死の穢《けが》れが広がっております。そこで過ごすには、妖力を身に付けておく必要があるのです」

「そんな理由が……それなら空夜さんは？　俺なんかより、よっぽど妖力の扱いに長《た》けてると思いますけど……」

俺がそう紹介すると、空夜さんは首を振った。

「いや、無理じゃ。麿は妖力を持っているとはいえ、元々は生前の麿があの絵巻に残した思念体にすぎん。故に、麿の本体は冥界に存在するわけじゃ。じゃから、今の麿はお主について行くことができんのじゃよ」

「そんな……」

「そう心配するでない。記憶のやり取り程度は麿の本体とできている故、冥界にいる麿の本体も優夜のことは知っておる。冥界に行っても麿の本体がよくしてくれるじゃろう」

「いきなりのことで困惑していらっしゃるのは百も承知です。ですが、ぜひとも優夜様に冥界に来ていただきたいのです。どうか、お力をお貸し願えませんか？」

一角さんはそう言うと、再び頭を下げた。

するとそんな一角さんを助けるように、空夜さんも俺にお願いしてくる。

「すまん、優夜。できれば手を貸してやってはくれんかのぅ？　この鬼たちは、霊冥様という冥界の主に仕えておる。特にこの一角は霊冥様の右腕とも呼べる存在じゃ。その一角が直接ここまで来たということは、それだけ冥界でとんでもないことが起きているということじゃろう。だから……」

正直、まだ困惑している。

とはいえ、ここまで頭を下げられて、ただ黙っているわけにはいかない。

「分かりました。俺なんかに何ができるか分かりませんが……その霊冥様のもとに連れて行ってください」

「ありがとうございます！」

一角さんはそう言うと、指を鳴らした。

その瞬間、目の前に最初に鬼たちが這《は》い出てきたような黒い渦が出現する。

「それではこちらへ」

「……というわけで、冥界に行ってくるね。どうなるか分からないけど、お留守番よろしく」

「わん！　わんわん！」

「ぶひ！」

「ぴー！」

『……まあお主しか行けぬというのなら、仕方がない。この家のこと少しは気にかけてやろう』

ナイトたちは任せろと言わんばかりに手を挙げ、オーマさんはそっぽを向きながらもそう言ってくれた。

「すまんな、優夜。どうか、頼む」

「はい！」

最後に空夜さんにそう言われると、俺は渦の中へと足を踏み入れるのだった。

＊＊＊

優夜が冥界に向かっている頃。

王星学園《おうせい》では、生徒会長である喜多楽《きたらく》がスクールアイドル計画をいよいよ進めるべく、動き出していた。

「さて、一番大事なアイドル候補生たちと優夜君は確保できた」

「はぁ……本当に進めちゃうんですね……もうここまで来たらやりますけど、次はどうするんです？」

「そうだな……やはりアイドルとなれば、ステージが重要だろう」

「まあそうですね」

「しかし、私にはそのノウハウが存在しない！」

「そんな清々《すがすが》しく言い切られても……それじゃあどうするんです？」

猫田《ねこた》の疑問を受け、喜多楽は笑みを浮かべた。

「そこで実は、我が学園と繋《つな》がりのある『スタープロダクション』に協力を依頼しようと思ってね」

「え？」

喜多楽の挙げた事務所は、美羽《みう》や奏《かなで》が所属している有力芸能事務所で、球技大会や学園祭など、これまでの行事でも何かと王星学園とかかわりがあった。

「あそこは数多くの芸能人を抱えている上に、学園祭の時にお呼びした奏さんも所属している。アイドルとはまた方向性が違うだろうが、ステージという点は同じだろう」

「な、なるほど……」

「それに、あそこの連絡先はすでに手に入れてるからね！」

「いつの間に⁉」

先生たちによって、強制的に行事の表舞台から引きずり降ろされていた喜多楽だったが、その裏でちゃっかりと色々な伝手《つて》を手に入れていたのだ。

「そうと決まれば、さっそく連絡しなくては！」

「あ、ちょっと⁉」

猫田が止める間もなく動き始めた喜多楽。

そして無事アポをとることに成功すると、改めて事務所を訪ねることになるのだった。

＊＊＊

「――なるほど。それでウチに来たってわけね」

「すごい行動力ですね……」

事務所を訪れた喜多楽を前に、社長は面白そうに笑みを浮かべつつ、社員の黒沢《くろさわ》は何とも言えない表情を浮かべていた。

「それで、どうでしょう？　手伝ってはいただけませんか？」

「うーん……私としては面白そうな企画だし、協力してあげてもいいと思うけど……」

「社長。そう簡単に決められては……」

黒沢がそう言いかけると、社長は手で制した。

「もちろん、そんな簡単には動けないわ。私たちにだって仕事があるわけだし、何より……前例がないから、どれだけ私たちに利益があるのかも分からないわ」

「……」

会社を背負っている以上、社長もただ面白そうという理由だけで動くわけにはいかなかった。

だが、そんな社長を説得するカードを、すでに喜多楽は持っているのである。

「確かに、新しい試みですから、不安な点が多いのは間違いないでしょう。ですが、私はすでにこの試みは成功すると確信しております」

「へぇ？　どうしてかしら？」

「すでに我が学園にいらしていただいているので、うちの生徒は見ていただけたと思いますが、王星学園には非常に華やかな容姿の生徒が多数在籍しております」

「それはそうね。皆アイドル級の子ばっかりだったわ。そうよね、黒沢？」

「ええ。何人かはウチで引き抜きたいくらいでした」

「でも、かわいいってだけでアイドルが注目を集められると思ったら大間違いよ。そこはどう考えてるのかしら？」

喜多楽を鋭い視線で射貫《いぬ》く社長。

しかし、喜多楽はその視線に怯《ひる》むことなく笑みを浮かべた。

「――天上優夜」

「⁉」

「彼が、この企画の要です」

「まさか、彼がアイドルをやるって言うの⁉」

かつて優夜に芸能界入りを断られている社長と黒沢は、優夜の名前が出てくると思ってもいなかったため、喜多楽の発言に驚いた。

「いえ、あくまで彼はこのプロジェクトの責任者として動いてもらうつもりです。ですが……スクールアイドル計画が進んでいけば、彼も表舞台に立たざるを得なくなるでしょう。その時、彼が注目を集めないはずがない」

「それは……」

「それに、私はいずれ彼にもスクールアイドルとして活動してもらえればと考えているんです」

「なっ⁉」

「それは……可能なのでしょうか。彼は前に芸能界入りを断っていますが……」

そんな黒沢の心配に対して、喜多楽は頷《うなず》く。

「問題ありません。おそらく彼は、生真面目さと責任感から芸能界入りを断ったのだと考えられますが……スクールアイドルはあくまで学生である間だけのものです。つまり、活動する期間が決まっている以上、普通に芸能界に入るより、彼の心情的ハードルは低いと考えています」

「な、なるほど……」

「そして、スクールアイドルとして活動してみたら……彼は芸能界に興味を持つことだってあるかもしれませんよ?」

優夜を求めている社長にとって、喜多楽の提案は魅力的なものだった。

まさかここまで一人の学生が考えているとは思わず、社長は冷や汗を流した。

「……貴方《あなた》、中々やるわね」

「いえいえ、まだまだ未熟ですよ。それで……協力していただけますか?」

――こうして王星学園のスクールアイドル計画に、スタープロダクションが全面協力することが決定したのだった。

＊＊＊

「っ！　……ここは⁉」

俺が黒い渦を通り抜けた瞬間、体中に死の気配……つまり、妖力が纏《まと》わりついてくるのを感じた。

この妖力は俺の体内に宿るものではなく、冥界に満ちているものなのだろう。

何より一番の驚きは、黒い渦を通過した瞬間、周囲の景色が一瞬で変化したことだ。

冥界は全体的に薄暗く、さっきも感じた通り妖力がそこら中に漂っているのか、どこか重苦しい。

その上、どこからともなく、おそらく妖魔たちの唸《うな》り声が聞こえてくる。

何というか……地底世界とでも言うんだろうか？　とにかくそんな印象を受けた。

だが最も俺の目を引いたのは、そんな冥界に不釣り合いなほど豪華なひとつの館だった。

「これは……」

「ここが霊冥様のお館になります。どうぞこちらへ」

目の前の建物の存在感に呆然《ぼうぜん》としていると、一角さんがそう言いながら案内してくれた。

その案内について行くと、やがて大広間に連れてこられる。

そして――。

「霊冥様。天上優夜君様をお連れしました」

「！」

「――ご苦労じゃった」

静かに、だが威厳の溢《あふ》れる声が広間に響き渡る。

ただ声を聞いただけで、自然とその場に跪《ひざまず》きたくなるような、そんな力を感じる。

こ、こんな力を持っているなんて……霊冥様って一体……!?

俺が驚きながらも声の方に視線を向けると――。

「我が霊冥じゃ！」

「…………え？」

――そこにいたのは、昔話に出てくる閻魔《えんま》様のような恰好《かっこう》をした小さな女の子だった。驚く俺をよそに、その女の子は『カッコよく決まった！』と言わんばかりに胸を張っている。

予想だにしていなかった状況に呆然としていると、その子は俺の様子に気づいた。

「ふむ……我の威厳に声も出ないんじゃな？　よいよい！　此度《こたび》は我の都合で呼び寄せたのじゃ。楽にせい」

「！　は、はい」

思わず固まってしまったが……一角さんやこの広間に集まった他の鬼たちの様子、そして女の子の発言から考えて、目の前の少女が霊冥様なのだろう。

見た目こそ小さな女の子のようだが、彼女がこんな広い冥界を統べているのだ。見た目通りの年齢ではないのだろう。

改めて気を引き締めると、そんな俺の様子に霊冥様は目を細める。

「ほう？　確か……天上優夜という名じゃったな？　お主は我を見て侮《あなど》ることはないようじゃな？」

「え？　あ、はい……その、驚きはしましたが、そういうこともあるのかなと……」

世の中には色々な人がいるからなぁ。

霊冥様の姿に驚きはしたが、よくよく考えればゼノヴィスさんの方が俺からすれば信じられない存在だし……。

そんな風に思っていると、霊冥様は満足そうに笑った。

「うむうむ！　よい心がけじゃ！　我はお主を気に入ったぞ！」

「あ、ありがとうございます……？」

「……霊冥様。そろそろ本題に……」

「おっとそうじゃった」

一角さんに耳打ちされた霊冥様は、真剣な表情で俺を見つめる。

「優夜よ。お主を呼んだのは、お主の力を借りたいからじゃ」

「俺の力、ですか……？」

「うむ。実は今、冥界は大変なことになっておる。もう知っているとは思うが、お主たちの生きる現世の世界に、冥界から妖魔たちが脱走した。その原因は、冥界と現世の境界線が一時的に消えてしまったせいなんじゃ」

霊冥様の話を聞くと、どうやらこの冥界は死者の国というだけあって、元々、現世の存在が迷い込まないよう、霊冥様の力で境界線が引かれていたらしい。

だが、その境界線が消え、しかも冥界内で妖魔たちを幽閉していた封印も消滅したことで、何体かの妖魔が現世の世界に逃げ出してしまったそうだ。

どうしていきなりその境界線が消えてしまったのだろうか、と考えていると……。

「その境界線が消えた理由じゃが……お主が倒した虚神《うつろがみ》のせいなんじゃ」

「え⁉」

まさかの存在が原因だと知らされ、俺は驚いた。

「知っての通り、虚神はその手で触れたあらゆるものを消滅させる力がある。その力は魂だけになっても変わらぬ……その結果、虚神の魂がこの冥界に流れ着くまでの間に、その手で触れたあらゆる境界線を消滅させてしもうたんじゃ」

「そんな……」

「そこで！　お主の力をぜひとも借りたいんじゃ」

「俺の力……で、ですが、俺は何をすればいいんでしょう？」

俺がそう訊《き》くと、霊冥様はどこか悲し気な表情を浮かべた。

「……とある存在の封印じゃ」

「とある存在？」

「ああ。そやつは冥子と言ってな。この冥界で生まれた存在じゃ」

俺はその説明を聞いて、首を傾《かし》げる。

冥界でって……ここは死者の辿り着く世界だよな？　それなのに、この世界で何かが生まれることってあるんだろうか？

いや、もしかしたら、鬼たちも霊冥様もこの世界で生まれた存在なのかな？

すると、霊冥様はそんな俺の考えを読み取ったようで、言葉を続ける。

「お主の考えてることは分かる。確かにこの冥界は死者の国。何かが新たに生まれることはない。ここにいる鬼たちも、元々は別の存在で、長年冥界で暮らしてきたからこそ鬼になれたのじゃ」

「な、なら、その冥子《メイコ》というのは一体……？」

「冥子は……この冥界にいる妖魔たちのあらゆる悪意が凝縮され、結晶化して生まれた存在じゃ」

その言葉を聞いて、俺の脳裏に浮かんだのは、異世界の『邪《じゃ》』の存在。

あれもまた、異世界――アルジェーナで生じた悪意が結晶化して、生まれたモノなのだ。

つまり、この冥子も同じような存在だってことか？

そう思っていたのだが……。

「調べたところ、とある世界には似たような存在がいるらしいな。しかし、それとは比べ物にならん。お主の知るそれは……確か『邪』と言ったかのぅ。それは世界の悪意が実在化し、意思を持った存在じゃ。それに対し、冥子は……この冥界の最下層に幽閉された、究極の大罪人たちの持つ悪意が結晶化してできたもの。この冥界には、どれだけの長い年月をかけて、大罪人たちの魂が流れ着いておると思う？　たかがひとつの世界の負の力程度では、質も量も及ばぬよ」

「……」

霊冥様の言葉に、俺は絶句するしかなかった。

あの強大な力を持っていた『滅びの神』アヴィスや、ゼノヴィスさんの時代にいた最強の『邪』ですら敵《かな》わない存在だなんて……。

「そんなヤツを相手に、俺なんかが戦えるでしょうか……？」

「今のお主じゃ無理じゃろう。何より、まだ妖力も覚醒したばかりと聞いておる。妖力を用いた封印術もまだ身に付けておらんじゃろう？」

「それなら、どうやって？」

「一角。例の者たちをここへ」

「え？」

俺がそう訊くと、霊冥様は一角さんに声をかける。

「冥子の封印はお主の手でしてもらう必要があるが、そこに至るまでの支援を惜しむつもりはない。つまり、ここで少し修行してもらうということじゃ」

「修行？」

「ああ。その為《ため》の師匠を――――」

「――来たぞ」

「よろしくお願いしますね～」

「おお！　お主が優夜じゃな！　お主の話は磨から聞いておるぞ！」

「！」

霊冥様の言葉を遮り、三つの声が聞こえてきた。

その声の方向に視線を向けると、そこには襤褸《ぼろ》切れを身に纏《まと》った一人の老人と、にこやかな笑みを浮かべる女性、そして地球で別れたはずの空夜さんの姿があった。

一瞬空夜さんがいたことに驚いたが、地球の空夜さんは絵巻に封じ込まれた思念体であり、本体ではない。

つまり、ここにいる空夜さんこそが、本体なのだろう。

そして気になる二人だが、老人は纏っている衣服こそボロボロだったが、不思議と汚さを感じさせない。

それは、この老人が醸《かも》している雰囲気が大きな要因だろう。

背は曲がっておらず、どこか気品すら感じられる。

そして女性の方は、ほんわりとした気配を身に纏っており、こちらの気持ちが自然と緩んでいくのを感じる。

この人たちが、冥界で俺の師匠になる人なのかな？

女性の方は間違いなく初対面だと言えるのだが……。

俺は老人を見て、奇妙な感覚を抱いていた。

この老人と、どうも初めて会った気がしないのだ。

困惑する俺に、その老人は優しく微笑《ほほえ》んだ。

「久しぶりだな、ユウヤ」

「え？」

久しぶり？　ってことは、間違いなく初対面じゃない。

ならこの人は……？

すると、老人は戸惑う俺を見て、苦笑いを浮かべた。

「そうか……この年齢の姿で会うのは初めてだったな」

そう言うと、改めて老人は俺のことを真っすぐ見つめる。

「私はゼノヴィス。ユウヤ、また会えて嬉《うれ》しいよ」

「え」

老人の言葉に固まる俺。

ゼノヴィス。それはまさに、俺の人生のすべてを変える切っ掛けとなった賢者さんの名前だ。

そして、目の前の老人をよく見ると、確かにゼノヴィスさんの面影がある。

つまり、この人は——。

「えええええええええええええええええ⁉」

俺の絶叫が、冥界に響き渡るのだった。

第五章　冥子

ゼノヴィスさんとの衝撃的な再会を果たした俺だったが、冥界での師匠はこの人だけではない。

驚く俺を見て、もう一人の師匠だと思われる女性が、笑みを深めた。

「あらあら、新しくユティちゃんの家族になってくれた子は面白いわね～」

「え、ユティ？」

まさかここでその名前が出てくるとは思っておらず、驚いてしまう俺。

すると、女性は穏やかな笑みを浮かべたまま続ける。

「私はユティちゃんの師匠……『弓聖《きゅうせい》』アーチェル・アロー。よろしくね、ユウヤちゃん！」

「ええっ⁉」

なんと、この女性……アーチェルさんは、今は亡《な》きユティのお師匠さんだったのだ！

驚き続ける俺に対して、霊冥《レイメイ》様は面白そうに笑う。

「ほほほ、いい反応じゃの！　その三人が、お主の師匠役じゃ」

「まあ私と賢者様は、ユウヤちゃんが冥子ちゃんを封印する際のお手伝いって感じですけどね～」

「そうなんですか？」

「うむ。さっきも言った通り、冥子はこの冥界に幽閉されたあらゆる大罪人の悪意の結晶じゃ。その力はほんの少しでも溢《あふ》れるだけで、その周囲にありとあらゆる邪悪な存在を生み出してしまうんじゃ。そこのアーチェルたちには、その露払いをしてもらうつもりじゃ」

「邪悪な存在って、妖魔とは違うんですか？」

「ああ、違う。そいつらも妖魔と同じように妖力や霊力がなければ倒せぬが、その本質は冥子の体から溢れ出た悪意が、別の姿に変わって動き出した存在じゃ。元が悪意というだけあって、放たれれば周囲の者に見境なく襲い掛かる。故に、この存在も野放しにはできんのじゃよ」

「私たちは死んだことで妖力の代わりに霊力と呼ばれる力を手に入れることができた。しかし、この霊力ではせいぜい冥子とやらの生み出す連中を相手にするので精一杯だろう。よって、私がユウヤを鍛え、ユウヤのみで冥子と戦えるように修行をつけることになった」

「ま、またゼノヴィスさんの修行を受けられるんですね……！」

あの修行はかなり厳しかったが、あの修行のおかげで俺が力を身に付けられたのは間違いない。

もう一度あの辛《つら》い修行を受けるとなると気後れするが、せっかくの機会なのだ。また頑張ろう。

「フッ……あれだけ厳しくしたにもかかわらずまだやる気があるとはな。ならば、私もそのやる気に応えるとしよう。生憎《あいにく》私は妖力を持っていないのでな。主に武器や魔法の扱いを教えることになるだろう。そして妖力は……」

「うむ！　麿《まろ》が教えよう！」

そう言いながら得意げな表情を浮かべる空夜さん。

「現世におる麿の思念体からお主のことは聞いておるぞ！」

よくよく考えてみると、この冥界にいる本体と地球に残した思念体の間でやり取りができるってすごいことだよな。

もっと言えば、自分の思念体を巻物に封印できる時点で相当だ。

「今のお主の実力だと、妖力を体や武器に纏わせて戦える程度かのう？　ひとまず、冥子を相手にするためには、もう少し妖力の扱いを上達させつつ、封印の術《すべ》も覚えてもらうつもりじゃから、そのつもりでな」

「わ、分かりました」

そこまで話したところで、俺はあることに気づく。

「あれ？　そういえば……ゼノヴィスさんとは魂の契約をしましたけど、あの時俺の記憶はなくなったんですよね？　それなのにどうして……」

「ああ。ここで再会できたように、私はすでに死んでいる。だからこそ、見た目も死んだ当時の姿のままなわけだが……死んだということは、今の私は魂だけということ。つまり、肉体から記憶が解放され、ユウヤのことも思い出せたというわけだ」

死んで魂だけになったことで、ゼノヴィスさんは忘れたはずの俺のことを思い出せたということか。

こうしてお互いに色々と話し合っていると、霊冥様がニヤリと笑った。

「さて、師匠役たちとは十分に話し合えたと思うが……最後にもう一人、お主に会わせたい者がおる」

「え？　会わせたい人？」

「ほれ、入ってまいれ」

霊冥様に促され、この大広間に入って来た人物を見て、ゼノヴィスさんとの再会以上の衝撃が俺を襲った。

何故《なぜ》なら――――。

「優夜《ゆうや》。元気にしていたかい？」

「え――――」

忘れない。

忘れるはずがない。

その声も、その姿も。

絶対に。

呆然《ぼうぜん》と立ち尽くす俺の前に……祖父の夜之助がいたのだ。

「お……おじいちゃん……？」

「久しぶりだね、優夜」

呆然と呟《つぶや》く俺に、おじいちゃんは優しく微笑《ほほえ》んだ。

ああ……俺は何度この笑顔に救われたんだろう。

いつも俺を優しく受け止めてくれたおじいちゃん。

俺のよく知る祖父の姿が、確かにそこにあったのだ。

「あ、ああ……おじいちゃん……おじいちゃん……！」

俺は溢れ出る涙を気にすることなく、おじいちゃんに駆け寄ると、そのまま抱きしめた。

「おじいちゃん……おじいちゃん……！」

「……立派になったね、優夜」

「うん……うん……！」

泣きじゃくる俺を、おじいちゃんは優しく抱き留めてくれた。

そうだ、いつもおじいちゃんはこうやって俺を癒やしてくれたんだ。

もう二度と会えないと思っていた。

それが、こんな風に再会できるなんて……。

どんな形であれ、おじいちゃんともう一度出会えたことは、俺にとって何よりも嬉しいことなのだった。

＊＊＊

「さて、落ち着いたかの？」

「す、すみません……」

ようやく涙もおさまり、俺の心が落ち着いた頃を見計らって、霊冥様がそう声をかけてきた。

俺は頬が熱くなるのを感じていると、霊冥様は優しく微笑む。

「そう気にするでない。近頃の人間では珍しいほど、その者に強い想《おも》いを寄せていたんじゃやな」

「いいわね～。私もユティちゃんに会いたくなってきたわ～」

俺とおじいちゃんの再会を見ていたアーチェルさんは、羨ましそうにそう言った。

「すみません……ユティを連れてくることができればよかったんですけど……」

「いいのよ、気にしないで～。私が死んだ後、ユティちゃんは一度道を踏み外してしまった。でも、ユウヤちゃんのおかげで、今は前を向いている……それだけで私は嬉《うれ》しいのよ」

「そうですか……」

優しく微笑むアーチェルさんを見て、ユティのことを本当に大切に思っていたことが分かった。

こうして全員の紹介が終わったところで、霊冥様が手を叩《たた》く。

「よし！　これでここでの話は終わりじゃ。さっそく優夜には、冥子の封印に向けて、しっかりと修行に励んでもらうぞ！」

「わ、分かりました！」

「フッ……任せておきなさい」

「お姉さんも頑張るわね～」

「ふぅ、久方ぶりに妖術師としての腕が鳴るのぉ！」

霊冥様の言葉にそれぞれ反応する俺たち。

「……」

そんな俺たちをよそに、おじいちゃんが何かを考えていることに、その時の俺は気づかなかった。

＊＊＊

「はあああっ！」

「「「キィイイイ！」」」

――ゼノヴィスさんたちと再会してどれくらい時間が経《た》っただろうか。

今の俺は、空夜さんが妖力で生み出した小鬼たちを相手に、自分の妖力を纏《まと》わせた【全《ぜん》剣《けん》】を振るっていた。

この冥界で修行を始めた時は、今回の事態の解決にどれくらい時間がかかるか分からず、地球の生活もあるため、色々と心配事が多かった。

しかし、冥界は天界と同じように現世の時間の流れから隔絶されており、その上、この場所にいる間は歳《とし》も取らないそうだ。

だからこそ、修行にかかる時間は気にしなくても大丈夫ということで、かれこれかなりの時間を修行に費やしている。

最初の頃は、妖力を操ることに意識を集中しすぎて、相手にする小鬼が二体以上になると途端に妖力の操作が雑になることが多かった。

しかし今では自然と妖力を操作しながら、複数の小鬼の相手をすることができているのである。

とはいえ、俺が妖力を扱えるようになるにつれ、空夜さんは生み出す小鬼を強くしていったため、修行はかなり辛かった。

「ユウヤ。体の力を抜け。そんなに力んでいては、すぐに倒れるぞ」

「わ、分かりました……！」

そんな感じで妖力の操作と並行して、ゼノヴィスさんからは過去に飛ばされた時と同じく武器の扱いを学んでいた。

ただ、今回は最初から【全剣】を使わせてもらえたので、そこは大きな違いだろう。

「もうお前は武器に頼らずとも斬りたいものは何でも斬れる。だから今さら武器に制限を加えたところで何の効果もない」

……ゼノヴィスさんはそう言うが、俺はまだまだ武器に頼ってしまっているだろう。

他にも空夜さんから冥子を封印するための妖術も学んでいたのだが、これまた難しい。

そのせいもあって、俺がここで新たに学ぶ妖術は『封印術』のみに絞られ、他の妖術を学ぶ余裕はなかった。

まあ今必要なのは封印術だけなので、他の妖術は別の機会に習得できれば問題ない。

こうして修行を続けていた俺だったが、そこで休憩を許可された。

「つ、疲れた……」

「お疲れ様、ユウヤちゃん」

「あ、アーチェルさん、ありがとうございます」

「僕にはよく分からないが、優夜、ずいぶんと強くなったんじゃないか？」

「そ、そうかな？　そう言ってもらえると嬉しいよ」

アーチェルさんからタオルを受け取りつつ、おじいちゃんの言葉につい笑みが浮かぶ。

すると、アーチェルさんは俺の隣に腰を下ろしながら、少し呆《あき》れた様子で口を開いた。

「それにしても……賢者様の修行はとんでもないわね～」

「そ、そうですか？」

「そうよ。そもそも賢者なんて御伽噺《おとぎばなし》の登場人物としてしか知らなかったけど、こうして実際にその実力を目の当《ま》たりにすると、あの御伽噺は全部本当だったんだなぁって実感したわ」

「あ、あははは……」

「とにかく、今ユウヤちゃんが受けている修行は正直『聖《せい》』の称号を持ってた私から見ても、とんでもないってことは覚えておいてね～」

「わ、分かりました」

「まあでも、ユウヤちゃんがそれだけ強ければ、ユティちゃんも安全だろうし、私としてはありがたい限りよ」

どこか寂しそうにそう告げるアーチェルさんに、俺は思わず訊《き》いてみた。

「その……ユティとはどうやって知り合ったんですか？」

「そうね～……あの子が赤ちゃんの頃、私が住んでた村の近くの森に、捨てられていたの」

「え？」

「偶然私が村を出て、見回りをしていた時に見つけたから保護できたんだけど……あの時出会えていなかったら、どうなっていたか分からないわね～」

「そうなんですね……」

まさかユティが捨て子だったとは思わず驚く中、アーチェルさんは続けた。

「あの子は雰囲気も見た目も俗世離れしてたし、高すぎる洞察力のせいで予知能力を持っているように思われたこともあって、村人からは不気味がられたわ。それに、そんなに裕福な村じゃなかったし、誰も引き取り手がいなかったの。そこで私が引き取って育てることにしたのよ」

アーチェルさんの話では、そこからユティを育てつつ、一人で生きていけるように『弓聖《きゅうせい》』の技術も教えていったらしい。

ただ、この時すでに『弓聖』だったアーチェルさんも、暮らしていた村を守護していたものの、その力が恐れられ、村の人たちから遠ざけられていたようだ。

「私としては、少しでも村の人のためになりたくて頑張ったんだけどね～。でも、頑張れば頑張るほど異質な存在として見られて、いつも一人だったわ」

「……」

守られていたにもかかわらず、アーチェルさんを遠ざけた村人。

……身勝手だと思いつつも、その村には俺には分からない何かがあったのかもしれないから、何も言えない。

ただ、アーチェルさんが真剣に村の人たちに歩み寄ろうとしていたのは間違いなかった。

「そんな感じでいつも一人だった私にとって、ユティちゃんは初めてできた家族だった。だから、ついつい可愛《かわい》がっちゃってね～。本当は一人で色々やらせないといけないと分かってても、過保護になっちゃったのよ」

「ああ……」

アーチェルさんの言葉を聞いて、ユティが俺の家で暮らすようになった当初を思い出した。

あの頃は何をするにしても俺にやってもらおうとしてたもんな……今は必死に矯正して、自分で色々なことができるようになったが、あれは全部アーチェルさんの育て方の問題だったのか。

「だって仕方ないじゃない！　ユティちゃんが可愛すぎるんだもの！　ね、そうでしょう!?」

「そ、そうですね」

アーチェルさんの物言いに気圧《けお》され、俺は頷《うなず》かざるを得なかった。

そんな俺の反応にアーチェルさんは満足そうに頷く。

「うんうん、ユウヤちゃんは分かってるわね〜。そんなユウヤちゃんだからこそ、安心して預けられるわ……これからも、ユティちゃんをよろしくね」

「……はい」

俺は真剣な表情で頷くのだった。

「そろそろ修行を再開するぞ」

「あ、はい！」

俺がゼノヴィスさんの言葉に返事をしつつ、修行を再開しようとした――その瞬間だった。

「!?」

突如、俺の体をすさまじい悪寒《おかん》が襲った。

その感覚は地球の家に鬼がやって来た時と似てはいたが……そんなレベルじゃない。

何より、死の気配というか……もっと暗い何かが濃密に込められているのだ。

慌てて気配の方向に視線を向けると、そこには真っ黒な、二足歩行の怪物が立っていた。

そいつは全身漆黒の闇で覆われ、目が赤く光り、そのシルエットは狼男《おおかみおとこ》のように、獣と人間が合わさったような姿をしている。

そんな怪物はこちらをじっと見つめると、次の瞬間、その場から掻《か》き消えた。

「なっ⁉　ど、どこに――――」

「――――フン」

『ギッ⁉』

「ゼノヴィスさん⁉」

俺が怪物を見失うや否《いな》や、怪物は俺の死角に回り込むと、そこから信じられないスピードで襲い掛かって来たのだ。

しかし、それを見越していたゼノヴィスさんが素早く手に霊力を集めると、それで剣を作り出し、一太刀で怪物を斬り捨てる。

「こいつは……」

ゼノヴィスさんは斬り捨てた怪物を前に、何かに気づいた様子を見せると、遠くから赤色の鬼が走って来た。

「みっ……皆様あああああ！　た、大変です！」

「どうした？」

「冥子の力が暴走し始めました！」

「！　つまり、コイツは冥子の力が溢《あふ》れ出した残滓《ざんし》というわけだな？」

「そうなります！」

なんと、やって来た赤鬼──二角《にかく》さんの話によると、先ほど襲い掛かって来た怪物こそが、冥子の妖力から生み出された存在だというのだ。

対峙《たいじ》した瞬間、生命を拒絶するような……そんな恐ろしい力の波動を感じた。

冥界と現世の境界線が消えている現状で、もしあの怪物が冥界に溢れかえったとしたら、現世に怪物が雪崩れ込んでしまうかもしれない。

それは何としてでも阻止しないと……！

俺たちは顔を見合わせると、二角に告げた。

「冥子のいる場所まで俺たちを案内してください！」

「まだ冥子の暴走も始まったばかりじゃろうが、こうなった以上、早く封印しないとのぉ……」

「冥子とやらをユウヤが封印するまでの間、先ほどの怪物どもを私たちは相手にすればいいのだな？」

「腕が鳴るわね～」

「ユウヤ、封印術はできるようになったか？」

「た、たぶん大丈夫だと思います！」

実際ちゃんとできるかどうか分からないが、ここまで来たらやるしかない。

このまま冥子のもとまで向かおうとすると、今まで黙っていたおじいちゃんが口を開いた。

「本当にこれでいいのかな？」

「え？」

それは思いがけない言葉だった。

その言葉に、おじいちゃん以外の全員が驚く。

「ヨルノスケ。それはどういう意味だ？」

「そのままの意味だよ、ゼノヴィス」

かつてゼノヴィスさんと時代も世界も超えて交流していたおじいちゃんは、いつもの調子でそう口にする。

「霊冥様の話を聞いた時から、ずっと引っかかってたんだ。本当に冥子を封印していいのかなと。それで今、ようやく分かったよ」

「な、何を言ってるんです!? 冥子は冥界にいる大罪人たちの悪意が結晶化してできた存在……このまま野放しにするわけにはいかないんですよ！」

おじいちゃんの言葉に正気に返った二角が、慌てながらそう言うものの、おじいちゃんは真剣な表情を浮かべ、俺たちにとって衝撃の一言を口にした。


「冥子は、何か悪いことをしたのかい？」


「！」

「冥子の力の暴走によって先ほどの怪物が生まれることも、そして冥子自身がこの冥界の大罪人たちの悪意の塊であることも分かった。でも、その冥子自身が自分から悪いことをしたことはあるのかな？」

「そ、そんなこと言ってる場合じゃないでしょう⁉　先ほどの怪物が現れるだけでもどれだけ危険なのか分かってるんですか⁉」

「分かっているさ。でも、あの怪物の出現を止めるには、本当に冥子を封印するしかないのかな？」

おじいちゃんの質問に、ゼノヴィスさんが口を開く。

「ヨルノスケ。気持ちは分かるが、そんな状況じゃないんだ」

「ふむ……君たちがそちらの側に立つのなら、僕は冥子の味方になろうかな」

『⁉』

何てことないように告げられたおじいちゃんの言葉に、全員が言葉を失った。

だが、おじいちゃんは気にせず続ける。

「だって、冥子は自分の意思で悪いことをしているわけではないじゃないか。それなのに、一方的に悪だと決めつけ、封印してしまうのは僕としては見過ごせない」

「何を言ってるんですか！　大罪人たちの悪意の結晶ですよ⁉　そんなもの、考えるまでもなく悪いと――――」

「じゃあなぜ、冥子は封印が解けた後、すぐには動き出さなかったんだい？」

「そ、それは……」

おじいちゃんの言葉を聞いて、俺は動揺を隠せなかった。

確かに、冥子の封印が解け、その力が溢れ出したことで、先ほどのような怪物が生み出されたのだろう。

しかし、それは冥子自身の意思ではない。

それに、おじいちゃんの言う通り、冥子の封印は俺が冥界に来る前から解けていたのだ。

それなのについ先ほどまで怪物が現れなかったということは、冥子はできるだけ自分の暴走を食い止めようとしていたとも考えられる。

「冥子という存在について僕たちは詳しいことを知らないのに、ただ無条件に封印するなんて……。冥子は自分の意思とは無関係に周囲を傷つけてしまうようだが、冥子自身が悪いかどうかは分からない。とてもじゃないが、そんな状況で封印なんてすべきではないと思うよ」

毅然《きぜん》とした態度でそう告げるおじいちゃんの姿は、生きていた頃から何も変わっていなかった。

その堂々とした態度に俺が気圧される中、ゼノヴィスさんは真正面からおじいちゃんに対峙する。

「分かっているのか？　ヨルノスケ。あの怪物が現世に逃げ出してしまえば、妖力を持たない者たちは一瞬で蹂躙《じゅうりん》される。それを分かっていて冥子とやらに対して救済を考えるというのか」

「そういうことだ。僕はもし彼女を救える可能性があるのなら、それを追い求めるよ」

「……私はお前のように少ない可能性に懸けるほど楽観的ではない。これ以上、我々の邪魔をするというのなら、私も容赦はせんぞ」

その瞬間、ゼノヴィスさんは見ているこちらの息が詰まりそうなほどの圧力を放った。

だが、そんな圧力を前にしても、おじいちゃんは顔色一つ変えない。

「それは怖いな。僕は君のように強大な力は持っちゃいないから、簡単に倒されてしまうだろうね。それでも、僕は、この主張を続けるよ」

「……正気か？」

「正気だとも」

「何がお前をそこまで頑《かたく》なにさせるんだ」

「ただ一方的に何かを悪だと決めつけ、封印してしまうことが気に入らないだけさ。他の手段も考えず、ただ封印して終わらせようとする考えがね」

「……その手段を考えたところで、結局それが見つからなければ無駄に終わるだけだ。それでもお前は、足掻《あが》けというのか？」

「もちろん。失敗に終わったり、無駄なことだったとしても、僕は足掻くよ。だってその方が……人間らしいだろう？」

「！」

その一言は、人間として死ぬことを望んだゼノヴィスさんにとって、とても心に突き刺さる言葉だった。

だからこそ、ゼノヴィスさんはおじいちゃんの言葉に目を見開く。

そして――――。

「くく……あはははは！　そうか、確かにそうだな！」

ゼノヴィスさんは大声をあげて笑った。

「そうだな……その通りだ。元々人間は愚かな存在だ。頭では分かっていても、心では納得できないことなんてよくあることだろう。そして心に従い、失敗する。でも私は、そんな人間が愛《いと》おしく、あるべき姿だと思っていたんだ……いつの間にかそれを忘れていたとはな……」

「ゼノヴィスさん……」

そして、さっきまでの雰囲気を一変させ、ゼノヴィスさんは獰猛《どうもう》な笑みを浮かべた。

「それに、この私ができないことはない。そうだったな……」

「フッ……それでこそゼノヴィスだ」

おじいちゃんとゼノヴィスさんは、楽しそうに笑った。

そんな二人を見て、アーチェルさんたちは困ったように笑った。

「あらあら、これは大変なことになったわね～」

「そうじゃの。じゃが……それだけやりがいがあると言うものじゃ！」

アーチェルさんたちも力を貸してくれるらしい。

だが……。

「ちょ、ちょっと待ってください！　勝手に話を進められては困ります！　そんな成功するかも分からないことに、時間を割いてる暇はないんですよ！」

二角からすれば、この冥界と現世の危機であり、冥子のことを考えている余裕などないのだろう。

しかし、もはやゼノヴィスさんは冥子を救い出す方策を考え始めていた。

そして俺も、おじいちゃんの話を聞いたことで、冥子をただ封印するという考えはすでに捨て去っていた。

「――――もうよい、二角」

「れ、霊冥様⁉」

俺たちと二角の主張が平行線になったところで、どこからともなく霊冥様が現れた。

そして俺たちを見渡すと、悲しそうな表情を浮かべる。

「……お主らにはすべてを話そう。冥子のことをな……」

「……」

「お主らの言う通り……冥子自身は何も悪くないんじゃ。ただ、冥界にいる大罪人たちの悪意が結晶化し、生まれたにすぎぬ。そこに冥子の意思はない。そして、その身に宿る力もまた、冥子が自ら振るったことはなかった。彼女は生まれながらにして分かっておったんじゃろうな……その力を振るえば、世界が崩壊してしまうと。大罪人たちの悪意から生まれたにもかかわらず、冥子自身は驚くほど純粋で、優しかった。しかし……冥子の意思とは関係なく、その身に宿る力は暴走してしまう。その結果、周囲を傷つけ続けてしまう冥子は、我に自身を封印するよう申し出てきたのじゃ。そうして今まで、何万年も……封印され続けてきたのじゃよ」

「そんな……」

つまり、冥子が封印されたのは、冥子自身が望んだことだったというのだ。

しかも、俺たちが想像を絶するような長い年月を……。

そこまで語った霊冥様は、真っすぐに俺たちを見つめる。

「冥子の力が暴走している今、我々にはもはや時間がない。そんな状況で封印以外の手段を見つけることは不可能に近いじゃろう。それでも……それでも、我は冥子を救い出すことを諦めたくないんじゃ」

霊冥様にとって、その言葉は何よりも重いものだっただろう。

それは冥界を背負う霊冥様だからこそ、簡単に口に出せることではなかった。

だとしても、霊冥様は冥子のことを救いたいと、口にしたのだ。

……だとしたら、俺がすることは決まっている。

今にも泣き出しそうな霊冥様に、おじいちゃんは優しく笑った。

「僕たちは最後まで足掻くだけですよ。それに、困ってる人がいたら――」

「――助ける、だよね？　おじいちゃん」

「ああ、その通りだ」

俺の言葉を聞いて、おじいちゃんは嬉《うれ》しそうに笑った。

「霊冥様。どうなるか分かりませんが……最後まで足掻いてみようと思います」

「……ありがとう」

その言葉を受け止め、俺たちは冥子のもとへ向かうのだった。

＊＊＊

冥界では優夜が冥子のもとに向かう中、地球ではレクシアたちが買い物をしていた。

「うーん！　やっぱりこの世界は色々珍しいもので溢《あふ》れてるわねー！」

「そうだな。前に来た時も驚きの連続だったが、改めて見てもやはり信じられんな」

「未知。私もいまだに分からないことばかり」

レクシアとルナ、ユティは魔力が当たり前に存在する世界で生きてきたからこそ、こうして魔力もなければ魔物もいない世界が不思議で仕方がなかった。

「この世界には機械ってものが溢れてて、それが人々の生活を助けてるわけだけど……」

「どうした？」

街中を見渡し、難しい顔をするレクシアを見て、ルナは首を捻《ひね》る。

「……いえ、何とか私たちの国でも役立てられないかなって考えてるんだけど、何から始めればいいのか分からなくて……」

「まあ一番早いのは魔道具に落とし込むってことだろうな」

「そうなのよね。今のところ私が考えてるのは……街の皆が持ってる『スマホ』ってヤツよ！」

「ああ……あの板みたいなやつか」

「納得。言われてみれば、皆持ってる」

優夜は持っていないのだが、日本で生活している人々のほとんどがスマホを手にしており、レクシアたちも街中でそれを操作する姿はよく目にしていた。

「『自動車』って乗り物も気になるけど、それよりまだスマホの方が再現できそうじゃない？」

「まあ大きいよりは小さい方が手間はかからんだろうが……実際、あれはどういうものなんだ？」

「回答。遠く離れた相手と連絡するための道具」

「何⁉　そんな貴重なものをあんなに手軽に……」

異世界では遠方とのやり取りをする手段が大きく限られているため、その手段がこうして市民に広く行き渡っていることに衝撃を受けたのだ。

異世界において、遠方と簡単にやり取りができる道具があれば、それだけで大きな変革を生み出すことに間違いはなかった。

「まあ他にも色々な機能があるみたいだけど、やっぱり気になるのはそこよね。原理なんかを解明できれば一番いいんだけど、私に専門的な話をされても分からないわ」

「それは私もそうだが……」

「かといって、この世界に向こうから人を呼ぶわけにもいかないし、中々難しいところね」

最初こそ、オーレリア学園への入学を何とか回避することが目的だったレクシア。

そこで優夜が通っている学園に留学できれば、優夜と一緒にいられる上に、オーレリア学園への入学も回避できると考えていたが、表向きの理由はあくまで地球の技術を持ち帰ることだったのだ。

そんな表向きの目的でしかなかった地球の技術を持ち帰るということを、アルセリア王国の国民が少しでも快適に生活を送ることができるようになればと考えているレクシアは、無意識のうちに実行していたのだ。

そんなレクシアに気づいたルナは、小さく笑う。

「フッ……さすがだな」

「ん？　ルナ、どうしたの？」

「何でもないさ」

「ふーん？　まあいいわ！　それよりも、まだまだこの世界のことを知らないわけだし、これから見て回るわよ！」

「はいはい、お姫様」

こうして三人は、引き続き地球を満喫していくのだった。

＊＊＊

二角に連れられて俺たちが冥子のもとに向かうと、そこには先ほど俺たちに襲い掛かって来た怪物が溢れかえっており、その怪物たちを相手に鬼たちが奮戦していた。

「もうこんなに怪物が……」

「ヨルノスケは置いてきて正解だったな」

ゼノヴィスさんが言ったように、おじいちゃんは俺たちが修行していた場所に残ってもらった。

というのも、やはり冥子のもとに向かう以上、激戦になるのは間違いなく、戦う力を持たないおじいちゃんには危険だからだ。

おじいちゃんは冥子の心配をして最初こそ一緒に来ようとしていたが、ゼノヴィスさんに説得され、俺たちに冥子のことを託したのだ。

そんなわけで俺、ゼノヴィスさん、アーチェルさん、空夜さんの四人で戦いに挑むことになったわけだが……。

よく見ると、怪物たちが次々と生み出される戦場の中心部に、荒れ狂う暴風のように、暗黒の妖力を放出する女性の姿があった。

あれが冥子か……！

「ううう……あああああああああああああ！」

冥子は必死に自身の力を抑えようとしているのか、黒い長髪を振り乱しながら呻《うめ》いている。

そして彼女が叫ぶたびに、その声に妖力が宿り、冥界のあちこちに亀裂が入っていく。

「まずはあの怪物たちを片付けるとするか……」

「よ〜し、お姉さん、頑張っちゃうわよ〜」

「久々に暴れるかの〜」

大暴れしている怪物たちを前に、特に気負う様子もなく歩みを進める三人。

そして——。

「消えろ」

ゼノヴィスさんが霊力で生み出した剣を無造作に振るうと、それだけで多くの怪物たちが一瞬で切り刻まれた！

う、嘘《うそ》だろ？　たった一回しか振るってないはずなのに、なんであんな細切れに!?

「——『流星群』」

アーチェルさんはユティと同じ、『弓聖《きゅうせい》』の技を放った。

だが、その威力はユティの倍以上はあるようで、次々と霊力で生み出された矢が怪物の脳天を射貫《いぬ》いていった。

「『妖玉』」

空夜さんが両手を広げると、そこに球体状の妖力の塊が出現し、それが一気に分裂する。

「ほれ、滅びろ」

そして、それはマシンガンのように怪物に向かって飛んでいくと、どんどん怪物を消滅させていった。

三人の凄《すさ》まじい戦闘力に俺が唖然《あぜん》としていると、ゼノヴィスさんがこちらに視線を向ける。

「さて、ユウヤ。ここは我々に任せて、お前は冥子を頼むぞ」

「っ！　分かりました！」

ゼノヴィスさんたちに怪物たちを任せ、突き進む俺。

実はここに来るまでの間に、冥子のことをどうするか四人で話し合ったのだが、一つ何とかするための案を思い付き、俺はそれを実行するつもりだった。

冥子に近づくにつれ、どんどん怪物が生み出されるため、俺はそれらを妖力を纏《まと》わせた【全剣《ぜんけん》】で斬り伏せながら突き進む。

そしてようやく冥子の傍《そば》まで近づいた俺は、とあるアイテムをアイテムボックスから取り出した。

「これでどうだ⁉」

俺が取り出したのは、かつてドラゴニア星人の宇宙船から放たれた、ビーム砲を吸い込んだ――【暴食の掃除機】だった。

この掃除機には、使用者がゴミだと思ったものを、すべて吸い込む機能がある。

それこそ、生体以外は何でも吸い込めるのだ。

つまり、死の力である妖力にも使えるはずだ。

もはや一か八かの賭けだったが、俺は祈るように掃除機の電源を入れる。

すると、祈りが届いたのか、掃除機は冥子の周囲に漂う妖力を、どんどん吸い込み始めた！

「よ、よし！　この調子なら……！」

ぐんぐん妖力を吸い込んでいくと、あれほど苦しんでいた冥子が、茫然《ぼうぜん》とこちらに視線を向けてきた。

「あ……貴方《あなた》、は……」

「今、貴女《あなた》の妖力を吸い取ってます！　これを吸い込み切れば、きっと貴女の暴走も落ち着くはずです……！」

俺の言葉を受け、冥子は一瞬目に希望を宿したが、すぐに悲しそうな表情を浮かべた。

「そ、それは……いえ、む、無理です……！　私を封印してください……もうこれ以上、私は誰も傷つけたくないんです……！　わ、私さえいなければ、誰も傷つけなくて済むから……私さえいなければ……！」

心の底からの叫び。

自分の意思とは裏腹に、周囲に害を及ぼしてしまう力を持つ冥子は、自分の存在に絶望しているのだろう。

……俺も昔は、何もしなくても周りから虐《いじ》められて、それは俺自身が悪いんじゃないかって、思っていた。

俺の存在が、皆を不快にさせているんじゃないかって……。

事実、両親は俺のことを嫌っていた。

そうして何度も消えてしまいたいって思った時も……おじいちゃんだけは、俺のことを認めてくれたのだ。

だから、俺も――。

「君が何と言おうとも、俺は……俺たちは諦めない！　最後まで足掻《あが》いてみせる！　だから、君も諦めないでくれ！」

「どうして……どうして私なんかのために……」

初対面の俺からそんなことを言われたって、冥子としては困惑しかないだろう。

ただ俺は、霊冥様から冥子の本当の話を聞いて、とても他人事《ひとごと》だとは思えなかったのだ。

それに……。

「霊冥様は、君が自由になることを望んでるんだよ！」

「……！」

その言葉に、冥子は目を見開いた。

「わ……私も……自由になっていいんでしょうか……？」

「そんなの、当然だろ……！」

言いながら、掃除機を動かしつつ、襲い掛かって来る怪物を対処する俺。

だが……この妖力、どれだけ溢《あふ》れ出てくるんだ……!?

掃除機が使えている以上、この掃除機が妖力を吸い込み切るまで俺はただ、怪物たちと戦い続けるだけだ。

そして、このままいけば、冥子の妖力を吸い込み切れる……そう思った時だった。

「ッ!? あ、ああ……だ、ダメ……また溢れて……あああああああああああ！」

「なっ!?」

冥子の体から溢れ出す妖力が、まるで意思をもって掃除機に対して抗《あらが》うかのように、より強烈になり、さらなる勢いで噴出してきたのだ。

その結果、暴食の掃除機が吸い込む速度がまったく追いつかなくなり、ついには掃除機がオーバーヒートを起こし、止まってしまった！

「そんな!?」

「ううう……ああああああああああああああ！」

「クッ！」

掃除機が止まったことで、勢いを止めるものが無くなった冥子の妖力は、今までで一番の勢いで吹き荒れ、俺に襲い掛かる。

「ユウヤ！」

「いかん！　このままでは麿《まろ》たちもろとも冥子の妖力に飲み込まれてしまうぞ!?」

冥子の妖力の波は、ただ俺たちに襲い掛かるだけでなく、新たに大量の怪物たちを生み出し、それらもまた、俺たちに襲い掛かって来たのだ。

どうする……どうすればいい……⁉

ここで諦めて、冥子を封印するしか手はないのか……⁉

そこまで考えた時……俺はとあることを思い出した。

……どうなるか分からないけど……これしか方法はない……！

俺は襲い来る冥子の妖力を前に、抵抗することを止《や》め、まるでそれを受け入れるかのように両手を広げた。

「ユウヤちゃん⁉　何してるのよ⁉」

「ユウヤ！　早く逃げろッ！」

ゼノヴィスさんたちがそう叫ぶ中、空夜さんだけは俺の意図に気づいた。

「まさか……⁉　ダメじゃ、優夜！　その方法は……！」

俺がやろうとしたのは……この体に冥子の妖力をすべて受け入れるというものだった。

自身の妖力を増やす方法として、前に空夜さんが教えてくれた方法である。

だが、この方法は非常に危険だと言われていた。

それでも……わずかでも可能性があるのなら、俺はそれに懸けたい……！

「うおおおおおおおおおおおおおお！」

俺は冥子の妖力に飲み込まれた。

そんな中でも、俺の体は冥子の妖力を受け入れ、吸収していく。

しかし、想像を絶する苦痛が俺を襲った。

「があああああああああああ!?」

まるで全身を内側から食い破られるような……そんな苦痛が俺を襲ったのだ。

さらに、冥界にいた大罪人たちの悪意が込められた妖力だからか、どこか黒い感情が俺の精神を侵食してくる。

確かに……これは辛《つら》い。

それでも、冥子が今まで耐えてきたものに比べれば……!

もはやここからは、意地と根性の戦いだった。

絶対に冥子を救うという意思で、俺はひたすら冥子の妖力を吸収し続ける。

——それからどれだけ時間が経《た》っただろう。

俺がひたすら精神と肉体の両方に襲い掛かる苦痛に耐えながら妖力を吸収し続けたことで……冥子の妖力が底をついたのか、ついに冥子から溢れ出していた妖力の波が止まった。

「ほ、本当に……私の妖力が……?」

「はぁ……はぁ……何とかなって、よかった――――」

「あっ！」

このまま倒れたらダメだと思ったものの、何とかなったという安堵《あんど》から、糸が切れたように俺の視界はブラックアウトした。

「――まったく、無茶をするな。だが……よくやった」

そして、意識が途切れる直前、誰かに抱き留められながら、俺はそんな声を耳にしたのだった。

エピローグ

――冥子《メイコ》を解放してから数日が経過した。

冥界は、冥子から溢れ出た妖力によって荒れ果て、その修繕作業に慌ただしかった。

それと同時に、俺たちが冥子の相手をしていた間、霊冥《レイメイ》様が現世の世界との境界線を改めて復活させることができたため、これ以上、現世の世界に妖魔が現れることはないそうだ。

しかし、すでに逃げ出してしまった妖魔たちを霊冥様たちが直接現世に出向いて対処することはできないらしく、それらは現世にいる俺のような妖力を持った者がどうにかするしかない。

妖魔は放っておくと人や物に危害を加える可能性もあるため、下手に放置はできないし……何とかして探し出して倒さないとな。

また、あくまで霊冥様が復活させることができるのは現世とこの冥界の境界線だけであり、その他の消えてしまった世界間の境界線は復活させることができないと言っていたのだが……正直、そこら辺はよく分からなかった。他の世界間の境界線って……何なのだろうか？　それに、その境界線が消えてしまったことによって、どんなことが起きるのかも、よく分からないままだった。

何はともあれ、この冥界にようやくに平和が訪れたわけだが、俺自身にも大きな変化があった。

その一つが――――。

「ご主人様。何か私にできることはございませんか？」

「え、えっと、大丈夫だよ……冥子」

――――なんと、俺が冥子の妖力をすべて吸収したことにより、冥子が俺の配下になったのだ。

最初こそ意味が分からなかったが、いわゆる異世界のテイムと似たもののようで、冥子の妖力すべてを受け入れたことで冥子との間に魂の繋《つな》がりができたらしく、冥子は俺にテイムされたような形になったわけだ。

俺はすぐに彼女を解放しようとしたが、そうすると俺が受け入れた妖力が再び冥子に戻ってしまう可能性もあるということで、その考えを改めた。

そして、当の冥子は俺のことを主人にすると言い張り、メイドの格好をしながら、俺に尽くそうとしてくれるのだ。

ただ、どうしてメイドなのかと訊《き》くと――。

「おかしい……でしょうか？　従者とは、こういう格好をするものだと認識していたのですが……」

「う、うーん……合ってるような、違ってるような……そもそも、その認識はどこから……？」

「……ご主人様もご存じの通り、私はこの冥界に囚《とら》われた大罪人の負の側面から生まれました。そして私の持ち得ている知識もその大罪人たちの魂から得たものなのです。なので、この知識もまた、私が生まれる元となった大罪人の誰かによるものかと……ここは冥界――冥土のメイド、まさに私にピッタリだとは思いませんか？」

「メイドって言葉の由来は、そんな感じじゃないと思うけどなー……」

そもそもこんな偏ったメイドの知識を持ってるってどんな大罪人なんだ……しかもくだらなすぎるだろ……。

それはともかく、冥子としてはメイドの格好も、その在り方も含めて気に入っているら

しい。

それはいいんだけど、俺なんかに奉仕するのはどうかと思うし、居心地が悪いから止めてもらえないかやんわり伝えたんだけど……。

「かしこまりました。もし何かございましたら、遠慮なくお申しつけください」

……こんな感じで、まったく止める気配がない。ま、まあ俺が強く言えないのが悪いのかもしれないけどさ。

でも、こうして封印から解かれ、冥子は晴れて自由の身になったのだ。彼女の好きなことをさせてあげたいと思うし……まあ俺が我慢すればいいだけの話だな。

何はともあれ、冥子はこれで封印される必要がなくなったわけだ。

そして、もう一つの大きな変化は……俺の妖力についてだ。

空夜さんから止められていた方法で冥子の妖力を吸収した俺だが、吸収しきれなければ、俺の体は破裂していたらしい。

だが、結果的に俺は冥子の妖力をすべて引き受けることに成功していた。

何故《なぜ》こんなことができたのか、後々空夜さんの話を聞いたところ、異世界でレベルアップする前の俺ですら、すでに世界最高クラスの妖力の保有者だったようだが、レベルアップして肉体が変化したことにより、より妖力の貯蔵庫として優秀な存在になっていたようだ。

ただ、冥子の妖力は元々大罪人たちの悪意から生まれたモノであるため、普通に受け入れれば俺にも何かしらの影響が出るはずだったが……それも何とかなった。

というのも、俺は元々『邪《じゃ》』という似たような力を身に宿しており、それを制御できるようになっていたおかげか、比較的簡単に冥子の負の力もちゃんと制御することができたのだ。

冥子を妖力の呪いから解放した直後、俺はつい気を失ってしまったわけだが、ここ数日で心身も復活し、こうして冥界でやるべきすべてのことが完了した。

……つまり、冥界の皆さんとのお別れの時間である。

一角《いっかく》さんが、冥界にやって来た時と同じく、黒い渦を出現させてくれた。

この渦を潜れば、俺の家に戻れるわけだ。

そんな俺を見送りに、ゼノヴィスさんたちだけでなく、霊冥様までもが足を運んでくれた。

「ユウヤ。二度目の共闘だったが、とても楽しかったよ」

「私も、ユウヤちゃんに会えてよかったわ〜。これからも、ユティちゃんのことをよろしくね」

「麿《まろ》が一緒にいられるのはここまでじゃが……まだまだ妖術について教えられていないからの。そこら辺は思念体の麿に聞いてくれ」

それぞれに挨拶をしていると、霊冥様が近づいてくる。

「霊冥様！」

「優夜《ゆうや》。お主には……本当に救われた。我は、また冥子を……孤独にさせるところじゃった」

「霊冥様……」

俺の後ろに控えていた冥子と霊冥様はお互いに顔を見合わせると、優しく笑った。

「優夜。冥子のこと、頼むぞ」

「はい！」

霊冥様との挨拶も終えた俺は、最後におじいちゃんと向き合った。

「……おじいちゃん」

「優夜。短い間とはいえ、またこうして一緒に過ごすことができて嬉《うれ》しかったよ。何より優夜は、とても真っすぐに育ってくれた。それだけで、僕は満足だ」

晴れやかな笑みを浮かべるおじいちゃんを見て、俺はつい離れたくない……そう、思ってしまった。

でも……。

「……俺、何もかも未熟だけどさ。これからも頑張るよ」

「大丈夫。優夜なら何でもできるさ。焦《あせ》らず、自分のペースでね」

「……うん！」

改めておじいちゃんの言葉を胸に刻んだ俺は、黒い渦の前に立つ。

そして――――。

「皆さん、さようなら！」

――俺は目の前の渦を潜《くぐ》り抜け、元の家に戻るのだった。

＊＊＊

――優夜が冥界で修行を受けていた頃。

虚神《うつろがみ》の魂による影響は、優夜がいた冥界以外にも大きく広がっていた。

虚神の魂は、優夜のいる冥界と現世の境界線の他にも、様々な世界間の境界線を消滅させてしまったのだ。

そして今回、優夜の協力により、霊冥が管理する冥界の危機は脱したわけだが、その他の世界に広がった影響に関しては、霊冥ではどうすることもできなかった。

というのも、あくまで霊冥はひとつの冥界の主《あるじ》にすぎず、時間軸を司《つかさど》っているわけでも、並行世界を管理しているわけでもないのだ。

故に、優夜がいた冥界と現世の境界線が復活してもまだ、問題は山積していたのである。

「――あの世界を、乗っ取らなければ……」

――そして、その問題は、着実に優夜たちへと近づきつつあるのだった。

＊＊＊

一方、その頃学園では……。

「皆、聞いてくれ！　ステージが決まったぞ！」

喜多楽《きたらく》が生徒会役員を前に、嬉しそうにそう言い放った。

そんな喜多楽の言葉に、役員たちは目を点にしたが、その中で真っ先に猫田《ねこた》が正気に返った。

「は？　ステージ？　な、何の話ですか？」

「何の話って、そりゃあスクールアイドルのことに決まってるじゃないか」

「はあ⁉　この間メンバーを決めたばかりですよね⁉　それなのにもうステージが決まったって何を考えてるんですか⁉」

「さ、流石《さすが》に早すぎる気が……まだ衣装も曲も、何も進んでないですよね……？」

「大丈夫！　そこは我々で何とかする！」

「サラッと私たちを巻き込むの止《や》めてもらえます⁉」

猫田がどれだけ文句を言おうが、喜多楽の中で決定している以上、これらのことを生徒会が推し進めるのはほぼほぼ決定事項だった。

ただ……。

「百歩譲って私たちがステージまでに衣装や曲を手配できたとしましょう。だとしても！　アイドルステージというからには歌も踊りも必要ですよね？　今回参加してくれることになった子たちが、そんなにすぐに準備できると思ってるんですか？」

「そこは、その子たちが何とかするんだよ」

「そしてまた別の被害者が……」

どんどん喜多楽の勢いに圧《お》されていく面々。

その騒ぎの中心にいる喜多楽は、ただ楽しそうに笑った。

「大丈夫大丈夫！　決まったとはいえ、ステージはまだ先だ！　それまでに何とかすればいいんだよ！」

「はぁ……本当に大丈夫なのか……？」

不安げな猫田をよそに、どこまでも楽観的な喜多楽。

こうして王星《おうせい》学園でも、スクールアイドル計画の責任者として、優夜にとんでもない仕事が割り振られるのも時間の問題になっていくのだった――。

あとがき

この作品をお手に取っていただき、ありがとうございます。

作者の美紅《みく》です。

第12巻ですが、ついに優夜《ゆうや》の体に秘められていた【妖力《ようりょく》】について明らかになりました。

それに伴って、カクヨム版に登場していた、ご先祖様の空夜《くうや》も登場することに。

他にも霊冥《レイメイ》や冥子《メイコ》、生徒会長の喜多楽《きたらく》など、新キャラがたくさん登場した巻となりました。

冥界《めいかい》の話については、以前からぼんやりと書きたいなと思っていたので、今回、形にすることができてよかったと思います。

また、レクシアたちも王星《おうせい》学園での生活が始まり、その上、スクールアイドルというまた新たなイベントも追加されたことで、今まで以上に賑《にぎ》やかな学園生活になりそうです。

しかし、何やら不穏な気配も近づいており……優夜の日常は忙しそうですね。

ただ、これからどうなっていくのかは私にも分かりません。

これからの優夜の活躍を、皆さんと一緒に楽しみにしています。


そして今巻の発売と合わせて、スピンオフのガールズサイドも発売されます。

こちらはレクシアとルナが主役となっており、新キャラも続々と登場しています。

私自身も読ませていただき、非常に楽しませていただきました。すでに次のお話が待ち遠しいです。

とても面白いので、ぜひこちらも読んでいただければと思います。


さて、今回も大変お世話になりました担当編集様。

いつもカッコいいイラストを描いてくださる桑島黎音《くわしまれいん》様。

そして、この作品を読んでくださっている読者の皆様に、心より感謝を申し上げます。

本当にありがとうございます。

それでは、また。

美紅

富士見ファンタジア文庫

異世界《いせかい》でチート能力《スキル》を手《て》にした俺《おれ》は、現実世界《げんじつせかい》をも無双《むそう》する12
～レベルアップは人生《じんせい》を変《か》えた～

令和４年12月20日　初版発行
令和５年８月10日　６版発行

著者――美紅《みく》

発行者――山下直久
発　行――株式会社KADOKAWA
〒102-8177
東京都千代田区富士見2-13-3
0570-002-301（ナビダイヤル）
印刷所――株式会社KADOKAWA
製本所――株式会社KADOKAWA

ISBN978-4-04-074577-0 C0193 ◆◇◇

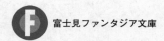

切り拓け!キミだけの王道
ファンタジア大賞
原稿募集中!
賞金
《大賞》300万円
《金賞》50万円
《銀賞》30万円
選考委員
細音啓「キミと僕の最後の戦場、あるいは世界が始まる聖戦」
橘公司「デート・ア・ライブ」
羊太郎「ロクでなし魔術講師と禁忌教典《アカシックレコード》」
ファンタジア文庫編集長
前期締切 8月末日
後期締切 2月末日
公式サイトはこちら! https://www.fantasiataisho.com/